COLLECTION FOLIO

Carole Fives

Une femme au téléphone

Édition revue et augmentée par l'auteur

Gallimard

Cet ouvrage a précédemment paru
dans la collection L'Arbalète
aux Éditions Gallimard.

L'auteur de cet ouvrage a bénéficié d'une bourse d'écriture
de la région Auvergne-Rhône-Alpes
et de la Drac Auvergne-Rhône-Alpes.

Carole Fives est née en 1971 dans le Pas-de-Calais. Elle vit actuellement à Lyon. Elle a publié plusieurs ouvrages salués par la critique : *Quand nous serons heureux* (nouvelles), prix Technikart et prix Jeunes Talents Fnac, *Que nos vies aient l'air d'un film parfait* (roman), prix L'Usage du monde, *C'est dimanche et je n'y suis pour rien* (roman), *Une femme au téléphone* (roman), ainsi que plusieurs ouvrages pour la jeunesse à L'école des loisirs.

Je suis content que tu m'appelles, ah tu vois, quand tu veux.

VALÉRIE MRÉJEN

Il n'y a pas une minute à perdre, il faut qu'on sorte… tout de suite… C'est vraiment un cas de non-assistance à personne en danger.

NATHALIE SARRAUTE

C'est maman, j'ai la voix complètement cassée, je n'ai pas pu voir de toubib car ils sont tous en vacances, voilà, j'espère que toi ça va… Ton frère ne voulait pas que je t'en parle mais j'ai des soucis avec mes globules rouges, avec les blancs aussi d'ailleurs ; ils sont tous en baisse. Je refais des analyses de sang dans un mois, il faut surveiller ça, je suis morte de trouille et je ne vais pas très bien. Rappelle-moi si tu veux.

Je te dérange ? Tu n'avais qu'à fermer ton téléphone. Moi je suis debout depuis six heures alors… Ça a réveillé tes amis ? Mais vous dormez tous ensemble dans cette maison de vacances ? C'est un vrai boui-boui ! Ah, je ne savais pas moi. Tu es impossible à joindre. Si tu le prends sur ce ton, je ne vous embêterai plus, j'ai compris. Je resterai dans mon coin, toute seule, sans nouvelles. Allez, amuse-toi bien, pense à moi un peu quand même.

Mais si je dois te dire quelque chose, il faut que je puisse te joindre, comment je fais ? Eh bien tant pis, j'attendrai ton appel.

C'est encore moi, je tourne en rond. J'ai déjà fumé un paquet et bu une cafetière. Tout vomi aux toilettes. C'était amer comme de la bile. Alors je t'ai appelée, j'avais besoin de parler à quelqu'un, excuse-moi. Mais je sais bien que tu es en vacances. Vous préférez dormir le matin, d'accord, d'accord, je rappellerai.

C'est toi ? Non, non, pas du tout, je suis sur Meetic. Je me suis inscrite, c'est 29,90 par mois. Y en a un qui me plaît beaucoup, il s'appelle *Patch* parce qu'il est gros fumeur.

J'ai écrit au moins à dix types, mais personne n'a répondu. Faut dire que j'ai envoyé mes messages à trois heures du matin, ça fait con ?

Laurentditlolo, 58 ans. Cherche partenaire particulière, de préférence ravissante et intelligente. C'est tout moi, ça, je flashe. C'est qui celui-là ? *Gérard428 ?* Qu'est-ce qu'il est mignon ! Pas sur toutes les photos, non, sur les autres, il fait vieux schnock. Et celui-là, il aime quoi, la corrida ? Au secours !

Je ne t'entends plus, tu as raccroché ? Tu ne veux pas m'aider à trouver quelqu'un ? Tu préfères que ta mère finisse ses jours toute seule dans le plus grand isolement ? Sois un peu actuelle s'il te plaît, tout le monde va là-dessus aujourd'hui, même Colette. Bien sûr, Colette s'est inscrite sur je ne sais combien de sites, elle cherche des mecs dans toute la France. Si tu savais le nombre de femmes qui sont seules, ce sont des meutes entières. Même en étant jolie, intéressante et en ayant un super salaire, il vaut mieux le savoir : LA FEMME SEULE FAIT PEUR. Mais c'est certain, à ton âge, on n'a pas besoin de ça. Profite profite, parce que, passé la cinquantaine, c'est la débandade crois-moi.

C'est qu'ils cherchent tous des jeunesses sur ce site, désolée, j'ai l'âge que j'ai. Je ne vais quand même pas mentir sur mon âge ? Si, tiens, je pourrais dire cinquante-huit. Qu'est-ce que tu en dis ? Cinquante-huit, c'est plus jeune que soixante-deux, ça passe mieux. Allez, on s'en fiche après tout, c'est où pour modifier ses paramètres personnels ?

Allô c'est moi. J'ai raté ton appel ce matin. C'est tellement joli la nouvelle sonnerie que tu m'as mise sur mon téléphone, à chaque fois, je l'écoute, je chantonne, et j'en oublie de décrocher. Tu as eu ton frère pour souhaiter l'anniversaire du petit ? Moi j'ai encore oublié et ils m'ont appelée tous les quatre, en beuglant « joyeux anniversaire ! » dans le téléphone. J'ai l'air de quoi à la fin ? Non, non, je n'achète rien, ils ont déjà été assez gâtés pour Noël, ça suffit bien. Avec ma petite retraite, c'est encore moi qui devrais vous couvrir de cadeaux ? Non mais c'est le monde à l'envers...

J'ai reçu mes analyses de sang, mais j'y comprends rien, c'est marqué « Plaquettes 55 000 / mm^3... Hémoglobine 10,1 g / 100 ml... Hématies... » Tu sais ce que ça veut dire toi hématies ? Et les plaquettes, c'est important les plaquettes ? Quel bordel ! J'irai voir le toubib dès que je peux mais maintenant que les vacances sont terminées, figure-toi que c'est lui qui est malade ! T'as déjà vu ça toi, un toubib qui tombe malade ?

Non, je ne vais pas voir de remplaçant, je suis habituée à mon toubib, j'attends qu'il rentre.

Tu viens quand alors ? Bientôt quand ? Ton frère dit ça aussi mais je ne vous vois plus que pour Noël... Pourquoi tu ne demandes pas ta mutation ? Si vous viviez plus près, je vous inviterais à manger, j'irais chez vous faire le ménage... Si par malheur vous n'aviez plus d'argent, je m'occuperais de vous. Je pourrais même vous aménager la cave, y installer le chauffage pour l'hiver, elle est grande, vous auriez toute la place. Tatata, tu verras quand tu auras mon âge. Tu penseras à moi, à tout ce que je te disais. Tu diras, eh oui, maman avait raison et j'avais tort, et maintenant elle n'est plus là… Une mère, on n'en a qu'une, vous devriez en profiter…

Tu regardes quoi à la télé ? Je vais mettre le même programme, comme ça j'aurai l'impression qu'on est un peu ensemble.

Ils ont mis un beau film hier soir, avec la naine, là, c'était vraiment formidable. Ça parlait du milieu de la mode, ah, ils sont durs entre eux là-dedans. Et la petite, heureusement qu'elle était là !

Tu sais pourquoi personne n'a répondu à mes annonces sur internet ? J'ai coché *Je suis une femme qui cherche une femme*, rien ne va plus.

J'ai choisi *Chinchilla_417* comme pseudo, t'aimes bien ? Ça fait assez jeune ? C'est un petit rat avec de la fourrure et comme je suis du signe du rat… Et toi, ton signe chinois ? Sanglier ? C'est bien, c'est un bon signe le cochon. Voilà mon annonce : *Jeune retraitée souhaiterait rencontrer un compagnon gentil, attentionné, qui aime la vie autant qu'elle. Je vis seule mais entourée d'amis avec ma petite chienne et j'ai un hobby : la peinture à l'huile. J'adore Van Gogh, Matisse, Picasso, et tous les grands peintres du vingtième siècle…* Qu'est-ce que t'en penses ? Je reste sobre, pour ne pas attirer les salauds.

Moi qui ai eu tous ces hommes à mes pieds eh bien maintenant, tu vois, il me faut payer.

Bien sûr qu'à vingt ans j'avais tous les hommes que je voulais, qu'est-ce que tu crois ? Et j'ai fait la connerie de me marier avec votre père, ce psychopathe, ce fou. Dire que je l'ai choisi lui, alors que j'en avais un gentil, qui était prêt à m'épouser, et je l'ai éconduit... Il était venu de Lyon pour demander ma main à mes parents. Il s'appelait Pierre Rival, ça ne s'invente pas. Mes parents sont allés le chercher à la gare sans moi, je m'étais enfuie avec votre père ! Pierre Rival m'avait apporté une petite poupée de Peynet en cadeau, c'était la grande mode à l'époque. Mes parents l'ont emmené au restaurant puis l'ont remis dans son train pour Lyon, on ne l'a jamais revu. C'était un garçon courageux, qui travaillait dur pour gagner quatre sous. Tout ça pour... votre malade de père !

J'aimerais bien que tu m'appelles chaque jour, l'heure qui te conviendra, disons, quand je me réveille le matin, vers sept-huit heures, et le soir, quand je cafarde, vers cinq-six heures. La journée, je me dirais, tiens, ça va être l'heure de son coup de fil, et après avoir raccroché, je repenserais à ce qu'on s'est dit. Je ne te demande pas grand-chose, juste entendre le son de ta voix, même si tu ne me dis rien de bien passionnant. Pour toi, ce n'est rien, mais moi, ça m'aide ; je ressens vachement la solitude affective.

C'est lui le méchant. Salaud ! Salaud ! Il arrive derrière, retourne-toi ! Trop tard ! Qu'elle est bête aussi ! Ah, je préfère éteindre, c'est trop nul ces séries télé.

Je te rappelle, c'est presque fini !

Non, moi je lui dirais non ! C'est lui le tueur voyons !

Voilà le corps, il flotte ! C'est affreux. Ah le sang, y a du sang plein son manteau, il va se faire pincer.

Meetic ? Ah non, j'ai arrêté, c'était toujours les mêmes têtes. Ceux qui vont sur Meetic, c'est comme ceux qui vont chez Ikea, ils cherchent des choses standard. Et moi je suis pas standard. Les bonshommes, non merci, j'en veux plus. Aimer c'est souffrir et je suis trop douillette à mon âge.

Peine de mort par injection, il a été condamné, il fallait qu'il s'y attende ! J'aime bien ce feuilleton, après je m'endors. Plus c'est con, mieux c'est.

C'est toi ma puce ? Le médecin m'a appelée, il m'a annoncé tout de go « madame, c'est le docteur Plot. Vos résultats sont très mauvais, vous avez un cancer, on se voit lundi, à mon cabinet », puis il a raccroché. Un cancer ? Non, mais il n'est pas fou ce toubib ?

À l'hôpital, ils m'ont fait un schéma. La flèche rouge, c'est le cancer. La flèche était au bord de l'os, elle commençait juste à entrer dans la moelle osseuse, il était temps. Le professeur a dit « c'est un cancer très agressif, alors on va être très agressif avec lui ».

J'ai des poumons de bébé alors que j'ai clopé pendant trente ans, mais il faut que je me chope un cancer du sang, c'est con quand même.

La maladie, je m'en fiche un peu, la chimio aussi, ce qui m'inquiète vraiment c'est de mourir. Je ne peux pas partir en ayant eu une vie si pourrie. Tu crois que je vais perdre mes sourcils ? Les cils aussi ?

Ma voisine d'hôpital est super. Elle s'appelle Corinne et elle est en phase terminale, même l'autogreffe, ça n'a pas marché sur elle. Elle m'a dit « tu vas voir avec la chimio, un matin tu vas te réveiller et tu auras tous les cheveux sur l'oreiller ». Alors j'ai préféré me raser la tête moi-même. Elle m'a fait trop peur Corinne avec ses cheveux sur l'oreiller. J'ai trouvé une perruque blonde à la Marilyn… Tu verrais, je n'ai jamais été aussi bien coiffée. Si j'avais su, avec les pauvres tifs que j'avais, ça fait longtemps que j'aurais essayé les perruques.

La chambre est pas mal, ça donne sur les voies, par la fenêtre, on voit passer les trains de marchandises, c'est gai.

Corinne, c'est une Coréenne adoptée. Mais elle ne voit plus ni ses parents ni ses enfants puisqu'elle n'a plus de sous à leur donner. Elle n'a aucune visite à l'hôpital alors, hier soir, je lui ai acheté des chocolats à la machine à bonbons et je les lui ai mis sur son lit. Pour me remercier, elle m'a donné une étoile de cristal. Elle les fabrique elle-même avec des perles, c'est magnifique. Non, non, ne t'inquiète pas, ici on a la télé gratuite. J'ai voulu payer en arrivant mais ils m'ont dit, pour vous les cancéreux, c'est gratuit.

On fait des rencontres à l'hôpital, c'est intense. Entre malades, on se comprend sans parler. Il y avait une femme, elle m'a dit « courage », j'ai pris sa main et je l'ai embrassée, c'était bien au-delà des mots.

C'est sûr que je souffre et en même temps j'ai l'impression que je vis l'aventure de ma vie.

Merci de ta visite ! On ne s'est jamais autant vus depuis que j'ai mon cancer. Vous m'appelez, on passe du temps ensemble, qu'est-ce que je suis contente ! Et ça vous a fait quoi à ton frère et à toi de me voir sans cheveux ? Eh bien, voilà, j'ai le cancer et je vais crever, faudra bien vous y faire. Tatata, vous pouvez raconter ce que vous voulez, c'est pas vous qui allez crever.

Moi, quand j'ai vu ma propre mère avec le cancer, ça ne m'a rien fait. On n'était pas très proches de toute façon, je ne la voyais qu'une fois par an pour Noël et encore. Quand elle est morte, j'ai pété un plomb parce que j'ai compris que c'était fini, que je n'aurais jamais avec elle la relation dont j'avais rêvé. Ce que j'avais espéré, attendu, ce n'était plus possible. Définitivement. J'ai cru que j'allais devenir folle. Et puis voilà, j'ai survécu.

Tu crois qu'on peut prendre un peu de whisky avec la morphine ? Et c'est grave si on fume pendant les rayons ? On peut continuer le Xanax avec la cortisone ? On peut prendre un peu d'herbe aussi ? Colette va m'en ramener, son fils en fait pousser chez elle, elle en a plein son jardin. J'ai besoin d'un petit remontant, c'est trop dur tout ce traitement à la fin. C'est dingue, avec les médicaments, je ne reconnais plus aucun aliment. Le jambon a le goût de chocolat, le chocolat a le goût de chou-fleur et si je pense aux gâteaux que j'aimais tant, mon Dieu, j'ai envie de vomir. Dire qu'avant je croyais que je vivrais toujours, j'étais con. Mais quand t'as un cancer, c'est fini tout ça. Ça te transforme.

Allô ? Vous revenez quand ? Vous ne vous rendez pas compte ? Égoïstes ! Je suis là, je vais crever et, vous, vous allez travailler, vous voyez vos amis, comme si de rien n'était.

Si, Colette est passée en coup de vent, mais elle m'a dit qu'elle avait peur des hôpitaux et, moi, je n'ai pas peur peut-être ?

Quand je pense à tous ces gens méchants, horribles, sur terre… et il faut que ça tombe sur moi, moi qui n'ai jamais rien fait à personne. C'est tellement injuste. Je n'arrive pas à accepter que ce soit à moi que ça arrive. Je crois que c'est à une autre, et celle-là, je ne veux pas la connaître. Tu te souviens de Maryse et Christian ? Les voisins d'avant ! Mais si, Maryse et Christian, elle était toute bossue, et lui, avec ses rouflaquettes, bon, eh bien, ils s'aimaient, ils étaient vraiment amoureux, je sais, c'est dur à croire quand on y pense. Mais quand Maryse a eu un cancer du sein, elle l'a quitté. Alors que, lui, il l'aimait, il voulait la soutenir. Mais non, elle est partie. Je crois que je la comprends mieux aujourd'hui. Ce n'était plus la même Maryse qui est partie, c'était l'autre, la malade.

Dis-moi que je ne vais pas mourir maintenant, c'est pas possible. Ça ne peut pas être que ça, ma vie ! Non, c'est trop décevant, je n'ai encore rien fait d'intéressant, je ne peux pas partir maintenant. Impossible.

C'est toi ? Ton frère est dans ma chambre avec la petite, elle joue avec la Barbie que je lui ai achetée à Noël. Tu t'en souviens, Valentine, ta poupée, c'est mamie qui te l'a payée ! Tu l'aimes bien ? J'espère, parce qu'elle m'a coûté un bras. Elle a de beaux cheveux ta Barbie, Valentine, on voit qu'elle n'a pas eu de chimio !

J'étais en train de parler de l'héritage avec ton frère, comme je lui disais, la croix en diamant de mamie, c'est pour toi, et pour le reste, vous vous débrouillez. La vaisselle aussi, le service en porcelaine, le gris, c'est pour toi, le doré, pour eux, on est bien d'accord ? Et vous ne me foutez pas tout ça à Emmaüs, ça fait trente ans que je me traîne ces vieilleries de déménagement en déménagement, ce n'est pas pour que ça finisse chez des inconnus. Et pour le reste, vous ferez 50-50, pas d'entourloupes. Je ne veux pas que ça recommence comme avec mon frère qui a passé sa vie à comploter pour me sucrer ma part d'héritage.

Si vous avez des choses à me demander, des questions à me poser sur votre enfance, c'est le moment. Profitez, profitez tant que je suis vivante parce que après… Moi avec mes parents je n'ai pas pu, alors vous, ne vous gênez pas.

Tu pars manifester ? Mais vous êtes encore en grève ? Moi je croyais que tu étais rentrée chez toi pour travailler, pas pour manifester ! Valentine ! Qu'est-ce qu'elle a à crier comme ça la gamine, elle ne fait QUE des caprices, elle est infernale à la fin, ton pauvre frère est crevé. D'accord, je te le passe, de toute façon, c'est l'heure du repas, non, c'est toujours aussi dégoûtant, au début, je croyais que c'était à cause de la chimio, mais c'est qu'ici la nourriture est vraiment dégoûtante. Tout est sous vide, c'est infect. Il ne nous reste que quelques mois à vivre et qu'est-ce qu'on nous sert à bouffer ? À tous les repas, de la merde. Du lyophilisé, des compotes, même les omelettes, elles sont en sachet. C'est aussi mauvais que quand tu prends l'avion. Peut-être que c'est ça le cancer, le dernier avion pour la mort.

Allô, tu ne dors pas au moins ? Ça y est, ils sont repartis, oh là là, quelle histoire ! Qu'ils ne reviennent pas ici avec leurs gamins. Ça gueule, ça débranche les perfusions, ça saute sur le lit, ça se met des piqûres dans le nez... Mais je suis calme, je suis calme, je tricote. Je termine ton pull, au moins si je meurs tu pourras porter quelque chose que je t'ai fait, il ne me reste que l'encolure et les finitions.

Ah, je sais pas quoi faire, j'hésite entre l'incinération et l'enterrement. Ce qui me fait peur avec la tombe, c'est qu'elle reste abandonnée, c'est tellement triste une tombe abandonnée. Non, je veux être incinérée, qu'est-ce que tu veux que j'aille faire dans une tombe toute seule comme une conne. D'accord alors, si vous me trouvez une tombe bien gaie, près de chez vous, alors oui d'accord, je veux bien être enterrée.

Des idées noires ? Pas du tout, mais je me demande qui va m'attendre au ciel quand je vais mourir, c'est tout. J'ai peur. Tellement peur que ce soit mon père. J'en ai parlé à la psy. Elle m'a dit que mon père n'était pas Dieu. Mais qui va m'attendre là-haut alors ? Ma mère, je ne veux plus la voir. Quelle horreur. Je crois de plus en plus en la réincarnation.

La vie est une épreuve ; la mort, j'espère que non.

Et qui je vais retrouver au ciel ? Ma famille ? Non, pitié, je ne veux pas mourir dans ces conditions ! Si je les vois qui m'attendent là-haut, je pète un plomb. Je te jure, s'ils me font ce coup-là, je redescends.

Il s'est suicidé votre grand-père, tu ne savais pas ? C'est fréquent, dans les familles de toubibs. Le jour où on lui a diagnostiqué une sclérose, il a compris qu'il allait devenir invalide, le soir même, il a avalé sa dose de cachetons. Vers minuit, c'était fini, il était mort. C'est comme ça dans les familles de médecins, chacun se concocte son petit suicide dans son coin, sans ennuyer personne.

Mon père ? Je le voyais si peu, il était toujours en consultation ou en visite. Une nuit on l'a appelé, pour un monsieur Inconnu, rue Perdue, il a cru à une blague, il n'y est pas allé, eh bien il paraît que le type en est mort. Mais si, c'était un très bon médecin, mon frère aussi d'ailleurs, il y avait toujours du monde dans leur cabinet. Mais mon père était un peu brut, un peu dur. Quand il était encore étudiant, on l'avait envoyé comme médecin de guerre sur le front, en quarante. Il racontait que, de toute sa vie, il n'avait jamais fait autant d'amputations. « Qu'est-ce qu'on coupait, on coupait à tour de bras », il disait. Ça a dû le rendre… je ne sais pas, ça n'a pas dû l'aider. Comme tous les gens qui ont fait la guerre, il y pensait tout le temps. Il ne lisait que des livres sur la Résistance, les Allemands, il avait du mal à se sortir de la tête toutes les horreurs qu'il avait vues.

Il allait souvent en visite chez un couple, ils n'arrêtaient pas d'avoir des enfants. Mon père leur disait « mais alors vous n'utilisez pas les préservatifs que je vous ai donnés ? ». Mais si, ils lui répondaient, mais si. Et la femme continuait de tomber enceinte, mon père n'y comprenait rien. Et puis une fois, il est entré se laver les mains dans leur salle de bains : des rangées de capotes étaient suspendues sur la corde à linge. Mon père a dû leur expliquer que les préservatifs étaient à usage unique, cette histoire le faisait rire, il la racontait dès qu'il en avait l'occasion.

Allô ? On est en terrasse avec Colette, ce qu'il fait beau ! Colette est venue me chercher à la sortie, c'était trop triste de rentrer en ambulance. On s'est arrêtées devant une pizzeria, je n'en pouvais plus, trois semaines de plateaux-repas, j'avais besoin de bouffer de la bidoche.

Qu'est-ce que tu racontes ? Que je dois rester chez moi ? C'est pas parce que je suis en aplasie que je suis fragile, c'est juste que je n'ai plus aucune défense immunitaire, mais je peux prendre un café en terrasse comme tout le monde ! Les gens sont tous dehors, c'est gai, je ne vais pas rester coincée à la maison à cause d'un cancer.

Tu ne te rends vraiment pas compte, je sors de la clinique, c'est la quille ! Et pour fêter ça, Colette nous a trouvé des places pour le concert d'Arno ! Et pourquoi je n'irais pas au concert d'Arno ? Parce que je suis en chimio ? Je ferai attention, je ne laisserai personne boire la bière dans mon verre. Ce que tu peux être rabat-joie ! J'ai encore un peu de plaquettes et je suis sous antibios, il ne peut rien m'arriver.

Ça fait du bien de retrouver sa maison ! C'est Nini qui s'est occupé de la chienne, tu sais mon copain Nini, il est tout seul aussi, alors la chienne, ça lui fait une sacrée compagnie.

J'ai décidé de ne plus dormir. Dormir, c'est déjà mourir un peu, et je n'ai plus le temps. S'il ne me reste que six mois à vivre, je veux en profiter. La nuit, je me relève et je suis la plus heureuse. Je peins, je range, je fais mes papiers. C'est du temps de gagné. Tout le monde dort pendant que moi je vis. C'est extra la cortisone. Je dors une heure par nuit et je suis au top de ma forme. C'est que je décompense, m'a dit le toubib. Ça veut dire quoi décompenser ? Bah tu en as de ces questions ! J'en sais rien moi, ça veut dire que je peux faire le ménage toute la nuit ! Et puis j'ai repris la peinture, à fond la caisse. Si le temps m'est compté, tant pis, je vais tout faire en six mois. Une toile par semaine, hop, c'est parti. Et le tricot, désolée, je n'ai plus le temps. L'art d'abord !

Tu as reçu ma photo ? C'est d'après Matisse. J'ai toujours adoré Matisse. J'ai recopié exactement. Sauf le format, c'est plus petit bien sûr et en plus je n'avais qu'une toile carrée. Comment ça, tu n'as pas reconnu Matisse ? Mais bien sûr que si ! Remarque, c'est peut-être bien Picasso dans le fond, je ne sais plus, j'ai pris modèle sur une carte postale qui traînait. Et le titre ? Ah le titre, c'est moi qui l'ai trouvé. C'est *Femme qui lit*, vu qu'elle a un bouquin entre les mains, ou comme elle est dans un fauteuil, tout aussi bien, c'est *Femme au fauteuil*.

Le titre de ma prochaine toile ? *Chimiothérapie*. Pour le moment, je n'ai fait qu'installer le décor. Tout est calculé, j'y ai passé un temps fou. Au milieu, j'ai planté un couteau de cuisine. J'ai collé mon bonnet de chimiothérapie, il retombe net sur la tranche du couteau. À droite, le vide, voilà, le grand vide intérieur, et sur le côté j'ai accroché un soutien-gorge à toi que j'ai retrouvé, ça ne te dérange pas, j'espère ? C'est un vieux sous-vêtement qui traînait dans un placard, je n'ajoute rien d'autre à l'installation, je reste sobre. Oui, tu as raison, on peut appeler ça comme ça, un genre de nature morte. Quand je pense à toutes ces bonnes femmes au cours de peinture, elles passent leur temps à peindre des paysages, des bouquets de fleurs, et gnagnagna… elles n'ont rien à exprimer oui ! Et ce sont des gens comme ça qui se permettraient de dire que je fais n'importe quoi ! Ils ne comprendront jamais rien à l'art, ils sont dingues ! Attends deux secondes, j'ai un double appel, ah non, c'est encore mon frère ! Je n'ai pas une minute à lui accorder, il faut que je termine mon croquis, je suis en plein dedans.

Il ne se rend pas compte mon frère, il ne voit pas que sa sœur est une peintre, une vraie, du genre Matisse. Je suis une artiste moi, j'aurais dû naître dans une famille d'artistes. J'étais hypersensible, j'étais pas faite pour naître chez ces cons.

Demain, je refais le croquis. Après-demain, je le refais encore, et comme ça pendant trois jours jusqu'à ce que, paf, ça explose. Mon temps est compté, avec le cancer, tout a changé. Et je dois vivre vite, très vite parce que s'il ne me reste que dix mois ou même dix ans, il faut que je sorte mes chefs-d'œuvre, je n'ai pas le droit d'en priver l'humanité. Je vais avoir une énorme période de création. Je vais faire une toile et une autre et une autre. Je vais créer, créer, créer, créer, créer. Mes peintures, je veux qu'elles soient au mur, qu'elles existent chez les gens ; je les crée mais je les revends pour zéro euro, je m'en fous, je vous les donne si vous les voulez.

Quelle merde alors cette peinture, j'adore.

C'est toi ? Je me suis éclatée, le concert d'Arno était génial. Il a fait un rappel de vingt minutes. Pas deux petites chansons, non, vingt minutes ! Il a tout donné, je l'ai vu repartir en coulisses après, paf, il est tombé comme une masse.

Il a une voix ! Ça envoie ! La sono était à fond, eh bien sa voix passait encore par-dessus. Même Colette a dit qu'elle était impressionnée.

J'ai dansé, j'ai dansé ! Les filles derrière, elles n'avaient jamais vu ça. Elles ont dit « mais le spectacle, madame, il n'était pas sur scène ce soir, il était dans la salle, et c'était vous ! ».

J'ai hurlé « Arno, on t'aime ! » juste au moment où la musique s'arrêtait. Je suis sûre qu'il a entendu, il regardait dans ma direction, oui, il m'a entendue ! Colette n'aurait jamais cru que j'oserais, eh bien si, je l'ai fait.

Arno, il est, il est… mais c'est un dieu… Ma préférée c'est sa chanson sur sa mère, il parle de ses yeux, de sa beauté… et puis d'un seul coup, toc, il parle de ses pieds qui puent, ça retombe, je te dis pas le choc, c'est super, « Dans les yeux de ma mère, il y a toujours une lumière, la la la la la la… ».

Est-ce qu'il est marié Arno ? Tu crois qu'il prendrait une vieille comme moi ? Je l'aimerais, moi, et ils aiment ça, être aimés, les hommes. Françoise Hardy, elle a beaucoup souffert pour Dutronc, c'est horrible ce qu'elle a morflé, tout comme moi avec votre père. Elle l'adorait.

Écoute-moi bien ma fille. Ça fait trente ans que je ne suis plus avec votre père mais je n'en ai jamais aimé d'autres, tu m'entends ? Je l'ai rencontré à quinze ans et c'était le premier. Mon premier et mon seul amour.

Pas terrible non. Ça fait plus d'une semaine que je n'ai pas fermé l'œil, c'est la cortisone. J'ai trop de choses dans ma tête, trop, ce soir, je ne comprends plus rien.

Tu sais ce qu'elle m'a dit, cette garce de Colette ? Que j'avais plusieurs vies et que je n'en étais qu'à ma première ! C'est elle qui en est à sa première vie pour être si méchante. Moi, j'accomplis mon karma, vie après vie, comme un bon petit soldat.

Allô ma chérie ? Je ne sais plus si j'ai avalé mes médicaments avec le whisky.

Je fais une crise de foi, la grande, la spirituelle.

Appelez-moi le matin vers huit heures et le soir vers dix-neuf heures, au moment où la nuit tombe, non, juste avant, vers dix-huit heures trente, c'est une heure que je déteste, quand le jour s'en va. Quand les gens rentrent chez eux. Et que, moi, je suis seule.

Faites-moi un calendrier jour par jour jusqu'à votre retour. Écrivez-moi ce que je dois faire, je m'en remets à vous. Toi et ton frère, vous êtes mes parents.

J'ai augmenté ma dose de somnifères, avec ça, je devrais dormir jusqu'à demain matin. Si tu n'as pas de mes nouvelles à onze heures, tu m'appelles, tu promets ?

Je pars aux urgences, je me suis endormie au lit avec la clope. Ma perruque s'est enflammée, les draps aussi. C'est la chienne qui m'a réveillée en aboyant comme une folle. Les pompiers sont là, et les voisines attendent sur le perron depuis une heure, tu parles, pour une fois qu'il se passe quelque chose dans le quartier, ça leur fait de l'animation.

Comment vous avez pu me laisser seule dans cet état ? Vous êtes complètement irresponsables ton frère et toi. Il serait temps d'être adultes au lieu de ne penser qu'à vous. Vous êtes en dessous de tout. Des nuls, des moins-que-rien.

Mais bien sûr que je retourne à l'hôpital, j'attends l'ambulance. Tu t'attendais à quoi ?

Non ! Je veux fumer, après je ne pourrai plus, merde, laissez-moi fumer ma dernière cigarette, j'ai le droit à ma cigarette, vous allez finir par m'énerver, mais je fais encore ce que je veux, messieurs les ambulanciers, je suis une fumeuse, vous savez ce que c'est, non ? Oh, laissez-moi ou je crie, je hurle, laissez-moi juste une minute, je ne la finis même pas, s'il vous plaît, mais ça y est, merde, mon briquet ! Mon briquet est tombé sous le brancard ! Retrouvez mon briquet immédiatement, c'est pas vrai, bande d'abrutis, nuls, bons à rien, vous êtes censés m'aider et vous me perdez mon briquet. Qui a du feu maintenant ? Vous avez du feu au moins ? Donnez-moi un briquet, vous ne me connaissez pas, vous ne savez pas de quoi je suis capable ! Rendez-moi mon portable, ahhhhh…

C'est toi ? Ils m'ont mise en psychiatrie, où voulais-tu qu'ils me mettent ? Je n'y étais pas allée depuis quatre-vingt-dix mais j'ai tout reconnu, les mêmes chambres jaunes, les mêmes draps bleus, bien amidonnés, rien n'a changé en vingt-cinq ans…

Ils m'ont dit « ce n'est pas pratique avec vous, madame, on ne sait plus dans quel service vous envoyer. Vous feriez mieux de vous limiter à une seule pathologie, il faut choisir, le cancer ou la dépression, et dans ce cas, vous filez au cinquième ».

Je n'ai aucune visite. Même Colette, que je connais depuis plus de vingt ans, m'a dit que, la psychiatrie, ça lui faisait peur, qu'elle ne supportait plus de m'accompagner dans les hôpitaux. J'ai coupé les ponts. Elle, quand elle avait sa phlébite, je suis venue tous les jours la visiter à l'hôpital, et maintenant que c'est moi ?

Il n'y a que Nini qui soit passé, mon copain Nini tu sais, celui qui s'occupe de la chienne, il m'a dit « j'y comprends rien, un coup je viens te voir au troisième en cancéro, et le coup d'après je te trouve au cinquième, chez les fous ».

Je suis tellement contente d'être ici. Je ne veux plus ressortir, j'ai eu du mal à y entrer, maintenant que j'y suis, j'y reste. Je t'assure, les gens se battent pour venir. Ils ont leur chambre, on s'occupe d'eux. Ils sortent se promener quand ils ont envie, ils tombent amoureux entre malades. Ici, les gens montrent leur vrai visage, ils ne peuvent pas tomber plus bas, c'est bien. On est entourés, le personnel est très présent, c'est le paradis. Les gens ont le visage épanoui, en fait, on est heureux.

Tu me verrais, je me promène dans les couloirs, je visite les chambres des autres malades, c'est agréable ! J'arrive dans une salle, les infirmières ont toujours quelque chose à fêter, je m'assieds et je goûte leurs biscuits, j'ai faim. Je renverse du jus d'orange, je leur en fais voir. Mais elles m'aiment bien les infirmières, je les fais rire !

La psy de l'hôpital m'a dit que j'étais bipolaire légère à tendance borderline, comme si je ne savais pas.

Allô ma chérie, viens vite me chercher, j'ai demandé à sortir, mais ils ne veulent pas. Les gens sont méchants, horribles avec moi. Hier matin, au petit déjeuner, ils ont tous eu droit à un pain au chocolat : sauf moi.

Non, ça va, je vais m'arrêter de pleurer. C'est rien, je pleure, mais ça me fait du bien. Il y a des cas ici, tu sais. J'ai assisté à des scènes. Des filles de trente ans, on n'imagine pas dans quel état elles sont. Elles me racontent toutes leurs histoires, c'est, c'est… désespérant… Ici en HP, les femmes sont mal. Elles cherchent l'amour fusionnel avec la mère. Avec leur mère. Il y en a une, tu sais ce qu'elle m'a dit ? « Moi, j'entends des voix qui m'ordonnent de tuer les gens que je n'aime pas. » J'espère qu'elle m'aime bien, dis, je ne suis pas vraiment tranquille quand elle est dans les parages. Non, non, j'espère qu'elle ne va tuer personne, elle est sous traitement tout de même.

J'ai copié un dessin au pastel, une mère et son bébé. La mère serre très fort le bébé contre elle. C'est une dame qui m'a prêté les pastels à la clinique.

J'ai beau rester dans ma chambre, les gens viennent me voir, entrent et sortent comme dans un moulin. Ils s'assoient sur mon lit et parlent, parlent, j'hallucine. Il y a une autre qui n'est vraiment pas bien, la pauvre. Ils lui injectent des doses de drogue parce que sinon elle est en manque. Et il y en a une qui tourne, qui tourne toute la journée dans les couloirs, elle ne fait que ça, elle me donne le tournis, c'est fou.

T'es internée ici, t'es pas bien ; tu ressors, t'es complètement dingue. Qu'est-ce que tu dis là mon ange ? Répète un peu ? J'aime bien quand tu me parles comme ça, ça me fait du bien.

Non, il paraît que je ne suis pas bipolaire, en fait, je suis anxio-dépressive. Ça veut dire que j'ai des angoisses terribles. Je vais devoir raccrocher, ils vont m'appeler pour le repas, je suis toujours la dernière. Tu parles, tout est sous vide. Sans gras, sans sel, sans sucre, sans rien, je n'en peux plus.

Non, non, tu ne me déranges pas du tout, je suis avec Jean, un copain que je me suis fait à la clinique. Je l'appelle Jean, à cause de Jean Ferrat, il a les mêmes cheveux tu sais, magnifiques. Mais en fait c'est Gérard, « hein Gérard que c'est vrai, que je t'appelle toujours Jean, et que tu me répètes toute la journée, non, non, moi c'est Gérard ! ».

J'ai été transférée dans une nouvelle unité, ils nous ont dit « on va être plus durs encore, c'est fini l'humanité ». Non, j'ai une chambre à moi, c'est un pavillon flambant neuf mais ça n'empêche pas le personnel d'être inhumain. L'infirmier, si tu savais comme il est méchant, si tu entendais comme il nous parle ! Heureusement qu'il y a les malades, sinon ce serait l'horreur.

On n'est pas respectés ici. On s'emmerde du matin au soir, à part les repas et encore. Personne ne s'occupe de nous. On n'a pas d'eau chaude, on a froid, on est tout de même en décembre. Tu trouves ça normal, toi ? On arrive ici comme au Club Med, mais au bout de quelques jours, on voit bien que ça ne tourne pas rond…

Je suis normale, on est tous normaux d'ailleurs. Si on est ici, c'est qu'on est plus normaux que les autres, à l'extérieur, qui sont tous dingues. Si on est ici, c'est juste que le cerveau ne se connecte plus, sinon tout va bien. Et puis les médicaments dont ils nous gavent du matin au soir n'arrangent rien. On souffre tous, il y a énormément de souffrances ici, ça, c'est sûr.

Écris, écris sur tout ce qu'il se passe, je leur ai dit à tous « ma fille est écrivain, je lui confie tout, elle va témoigner ». J'espère que tu prends des notes, hein, de ce que je te dis. Il faut que t'écrives là-dessus. Tu laisses tomber ton livre en cours et tu racontes ce qu'on nous fait ici. Tu l'appelleras *Comment nous rendre plus fous encore*.

Non, je ne dors toujours pas. La nuit, je me promène dans les couloirs de l'hôpital, je déplace leurs affreux tableaux, je mets des guirlandes, je refais la déco. J'ai bien gagné pendant un certain temps et puis là, voilà, c'est la chute, la spirale.

J'ai rencontré quelqu'un à la clinique. Un Anglais. Il s'appelle Robin et il est soigné pour alcoolisme. Il boit ses trois litres de vin par jour ou sa bouteille de whisky, ça dépend. Il a un cancer du poumon, le pauvre, comme moi ! Enfin, si ça m'arrivait. Colette, elle avait une amie de soixante ans qui est morte de ça, il paraît que c'est affreux. Elle me dit d'arrêter la clope. Mais si j'arrête de fumer, qu'est-ce que je vais faire ? Bouffer ? La clope, ça m'occupe, c'est comme une copine, c'est ma petite revanche sur la vie. À mon âge, il est trop tard pour arrêter. Il y en a une autre aussi qui a un cancer du nez. Ils lui ont refait un nouveau nez avec les cartilages des oreilles, c'est pas joli joli. Elle m'a dit : « Sans avoir fait la guerre de quatorze, j'ai l'impression d'être une gueule cassée. »

Dès que Robin sort de la clinique pour aller en ville, à son retour, hop, hop, il a droit à l'éthylotest, il a la bouche toute pavée. Et il faut voir comme il sale ses plats, et le poivre, ça y va !

C'est moi qui l'ai dragué, le Robin, j'ai mis le paquet pour l'avoir, et puis maintenant il ne m'intéresse plus trop. Ça me fait souvent ça avec les mecs. Il s'appelle Midelwood, milieu du bois. Ses parents l'ont appelé Robin, c'est complètement idiot, non ? Ils pouvaient l'appeler n'importe comment mais pas Robin des Bois.

Moi, à table, je ne touche à rien, tout me pique le palais. Je serais pourtant contente d'avoir un peu d'appétit, moi qui ai tellement souhaité ne plus en avoir. Je n'ai plus mes repères, avant je me raccrochais à ma baraque, à un mec, aux tracas de la vie quotidienne, maintenant mes seuls repères, c'est vous mes enfants.

C'est la vieillerie, je n'ai plus cinquante ans.

Ça fait huit jours que ni Robin ni moi ne levons nos culs des fauteuils en rotin, et ça, dix heures par jour. La désespérance fait tomber amoureux de n'importe qui, on se raccroche. Enfin, je parle anglais toute la journée, de ce côté-là, je fais des progrès.

Je m'ennuie, j'attends que le temps passe. Déjà quand j'étais avec votre père, je m'emmerdais. Je me suis toujours emmerdée. J'ai eu des moments de bonheur dans ma vie, mais très courts. Quand tu as fait tes premiers pas, chez ma tante. Mais déjà je tournais le dos, je n'ai rien vu. J'ai dit « ah merde, c'est pas vrai, même ça, je l'ai raté ». La rencontre avec votre père, aussi, chez Daniel Boulingrin, il y avait Alain, Jean-Louis, et ce grand en blazer bleu avec un pantalon gris qui se tenait là… je l'ai trouvé beau, mais beau… ah ça oui, c'était une grande histoire d'amour… Et il y a eu vos naissances, bien sûr, quand tu es arrivée toi, tu étais si parfaite, avec tes cheveux noirs et tes yeux bridés… mais tu avais la jaunisse et ton père n'a pas pu s'empêcher de relever « c'est une Asiatique ma parole ».

Non, le moral ne va pas. Je ne fais rien.

J'attends. Ça fait des mois que j'attends. C'est long. En plus, ils nous ont supprimé notre goûter. Les gens sont dehors, ils se traînent comme des âmes en peine. Je vais aller les rejoindre. Quand tu tues les heures, le jour comme la nuit, trois semaines te paraissent huit siècles. Tu les verrais tous en salle de télé, ils ne quittent pas l'écran des yeux. Ils ne sont pas contents d'être là, alors ils ne se parlent jamais entre eux. Ils attendent juste que ça passe.

Et votre père, il ne pourrait pas faire quelque chose pour moi dans cette situation ? Quelle sale bête ! Je suis toute seule, tu crois que quelqu'un se retournerait ? Ton frère me dit que je deviens maniaco-dépressive à tendance casse-couilles.

Mais je leur ai bien dit à l'équipe que j'avais besoin de passer Noël en famille ! Il paraît que je dois choisir pour ma permission, c'est soit le réveillon, soit le jour de Noël, mais pas les deux. Ton frère ou toi pouvez toujours signer une décharge mais après, si je pète un plomb, ils ne s'occuperont plus jamais de moi. Quand tu réussis à sortir d'ici, tu ne reviens pas.

Vous arrivez déjà demain ? Mais je ne suis absolument pas prête à sortir ! Ah bon ? Vous avez eu l'autorisation pour les fêtes ? Non, non, je serai contente de vous voir mais je dois d'abord terminer votre cadeau pour Noël. On a fait des poteries en atelier terre mais je dois encore les peindre et les vernir. Je ne pourrai pas finir à la maison, tu ne te rends pas compte, ici, ils ont tout le matériel. Bon, je ne t'en dis pas plus, je voulais vous faire la surprise, c'est un objet pour décorer chez vous.

Qu'est-ce que vous fabriquez à la fin, deux heures que je me fais chier dans cette chambre à vous attendre. J'aurais dû appeler une ambulance, c'est remboursé et au moins elle aurait été à l'heure. Je ne vois pas pourquoi je m'emmerde avec vous. Vous ne me servez à rien, ni ton frère ni toi. Vous êtes tous les deux d'un égoïsme… Moi je suis là, ils m'ont fait un trou énorme pour poser le cathéter alors que je suis déjà bipolaire, on me charcute et puis à la sortie, eh bien voilà, j'attends encore.

Cette semaine chez ton frère, c'était une très mauvaise idée. Les gosses m'ont refilé leurs microbes et, moi, j'ai plutôt besoin d'être au calme. Pas de me retrouver au milieu de gens qui courent à leur travail, qui s'en foutent complètement, pendant que je traîne au salon comme une pauvre morue. J'aime autant être en maison de repos, tranquille, avec des personnes comme moi, plutôt que d'être au milieu de nulle part. Chez eux, j'ai l'impression d'être comme un pot de fleurs, dans le meilleur des cas, quand on n'oublie pas de m'arroser.

Je me prends des remarques tout le temps parce que je fume devant les gosses, et alors ? C'est pas une cigarette qui va les tuer non plus les braillous ! Combien de temps j'ai été fumeuse passive avec votre père, est-ce que je disais quelque chose ?

Je ne sers à rien, si je fais la vaisselle, je me fais engueuler parce qu'il y a un lave-vaisselle, si je range, on me fait comprendre que je dérange, je sens que je perturbe tout ce beau petit monde, c'est pas très agréable. En plus, la gamine est toujours malade... Malade, malade, je suis malade moi aussi, j'ai un cancer. Entre une angine et un cancer... Non, je me rends bien compte que, les parents et les enfants, on n'est pas faits pour vivre ensemble, définitivement.

Et puis, avec elle, c'est pas pareil, c'est une belle-fille, tu sais comment c'est les belles-filles... c'est dur. Chez vous, ce serait différent, je suis plus à l'aise, avec toi, je me gêne moins.

Personne ne m'a appelée pour Noël. Eh bien je n'appelle pas non plus, merde. Et Colette, tu crois qu'elle va répondre à mon texto ?

C'est encore moi, je craque, je ne peux rien faire ici, même pas regarder la télé, tu te rends compte ? Dans l'état où je suis ! Non, pas tant que les enfants ne sont pas couchés, mais merde alors, c'est les mioches qui dirigent notre vie maintenant ? Comment ça pas d'écran avant trois ans ? C'est la nouvelle mode ? Qu'est-ce que c'est que ces conneries ? Des problèmes de concentration ? Vous avez bien regardé la télé toute votre enfance, Casimir et compagnie, eh bien vous n'êtes pas plus bêtes que les autres, ça ne vous a jamais empêchés de faire de hautes études !

Je m'en doutais que tu prendrais leur défense, je m'en doutais ! La famille, j'ai compris. Les enfants, ça ne sert à rien. Je fais une croix sur vous, mon héritage, vous n'en verrez pas la couleur. Dès que je peux, je me paie des vacances, des restos, mais vous, ne vous attendez à rien de ma part puisqu'il n'y aura plus rien. Puisque c'est chacun pour sa gueule, allons-y, je ne vois pas pourquoi je me sacrifierais pour des enfants qui s'en foutent…

Non, c'est toi qui as raccroché, ce n'est pas moi ! Attention ! Je n'aime pas ce ton que tu utilises avec moi. Tu me parles comme si TU étais ma mère. N'inverse pas les rôles. C'est MOI la mère. Toi tu n'es que la fille. Y a trop de gosses qui parlent à leurs parents comme s'ils avaient quatre ans, on dirait qu'ils se vengent.

Oui, oui, je sais bien comme vous parlez tous de moi dès que j'ai le dos tourné, j'ai le dos large. Le manège a assez duré. Il va falloir penser à redevenir un peu plus corrects. Vous marchez sur la tête ? Non, maintenant ça va aller à la baguette et puis c'est tout. Merde. C'est encore moi qui commande et toi qui obéis, compris ? Tais-toi ! Tu o-bé-is. Il est bon de rappeler les règles ! Ce sont les enfants qui doivent respect et obéissance aux parents, pas l'inverse. Ton frère et toi, vous prenez beaucoup de libertés et je me suis laissé marcher trop longtemps sur les pieds. Je suis trop bonne, vous en profitez. Mais heureusement que je me réveille. Pas si con la vieille.

Je n'ai pas pu fermer l'œil de la nuit, je n'aime pas qu'on se dispute. Mais non, je ne suis pas méchante, je suis bipolaire, c'est tout. Est-ce que tu peux me promettre une chose, une seule chose ? Promets-moi solennellement que vous ne m'abandonnerez pas à l'hospice, jamais. Vous ne laisseriez pas votre mère dans un mouroir ? Non, vous n'êtes pas de ce genre-là, vous avez quand même du cœur, ton frère et toi ! Et vous savez bien que je n'ai rien devant moi, une retraite riquiqui, presque plus rien à la banque, tu parles, je tire dedans tous les mois. Comment faire autrement ?

Non, non, je vais rentrer chez moi, mais j'appréhende. Ce serait bien que tu restes avec moi les premiers jours, que je ne me retrouve pas seule dans cette baraque glacée. C'est vrai, je vais retrouver ma chienne ! Mon chien, c'est mon bâton de vieillesse. Ma petite-fille, c'est bien joli mais elle braille tout le temps. Je lui dis « Valentine, viens faire un bisou à mamie », elle fait brrrrr… elle ne vient pas du tout vers moi, elle ne m'embrasse pas, elle s'en fout. Mais non, je ne recommence pas, mais il n'y en a plus que pour leurs gosses. Au lieu de rester avec moi, de confier les mômes aux autres grands-parents ou de s'arranger, ils restent « en famille », elle prend un air quand elle dit ça… Et lui, tout aussi gaga, je lui dis « et ta vieille mère, qui n'en a plus pour longtemps à vivre, tu l'oublies ? Tu préfères tes gosses, alors que ça fait à peine trois ans qu'ils sont sur terre ? Tu me préfères des étrangers ? ».

Il faut voir comme il s'en occupe. Quand il les prend dans ses bras pour leur faire un câlin, j'ai envie de les arracher et de me blottir à leur place, c'est injuste, je n'ai jamais connu ça moi, étant enfant. Ça a tellement changé en deux générations, avant, je te jure, les enfants, s'ils pleuraient, on les tapait, et maintenant, c'est fou, on les console ! Et le petit, dès qu'il crie, qu'il hurle, au lieu de le disputer, il faut voir comme il se fait embrasser, câliner ! C'est moi qui ai envie de hurler ! Je me souviens de mes parents, si j'osais ouvrir la bouche, c'était la raclée assurée, et lui, avec ses gosses, il fait tout le contraire, c'est à n'y rien comprendre. Je ne supporte pas de voir ça, ça me rend folle. J'aimerais être à leur place, j'aimerais être leur fille, j'aimerais être la fille de mon fils ; je l'appellerais papa.

Depuis que j'ai cette nouvelle psy, j'ai replongé. Je ne dors plus du tout. Deux heures par nuit, tout au plus. J'ai repris le traitement. Elle a tout fait ressortir cette psy. C'est affreux. Affreux.

Si, c'est une bonne psy, mais je suis obligée de retourner à l'hôpital pour la voir, et ça m'angoisse. Elle m'a dit « chère madame, je vais tout vous réapprendre depuis le début. Comme si vous étiez un bébé, on repart de zéro. On efface ces soixante-trois ans et on repart sur du neuf, c'est entendu ? ». Elle a l'air très perspicace. Elle a vu des choses incroyables, tout de suite. Elle m'a dit tout ce que mon père m'avait fait, enfin, elle savait tout. C'était très dur, je suis complètement détruite. Maintenant, y a plus qu'à reconstruire. Un nouveau départ. Le problème c'est que le prochain rendez-vous c'est pas avant septembre. Dans deux mois. Je les passe comment juillet-août moi ? Je me colle un panneau « en chantier » ?

Ça y est. Je sais ce qui s'est passé avec mes parents. Ma nouvelle psy m'a tout expliqué. Ce n'est pas mon père qui aurait fait ce que je croyais qu'il m'avait fait. Pas du tout. Je me suis inventé tout ça, il paraît que c'est très courant chez les enfants qui manquent d'amour. On préfère aller imaginer des choses qu'accepter avoir été mis de côté. On préfère penser qu'il y a eu des attouchements plutôt que rien. Bref, mon père n'était pas du tout le salaud que je pensais, Dieu ait son âme. En réalité, mon père était un saint. La vraie garce, j'ai trouvé, c'était elle. Ma mère. Qui m'a montée contre lui et m'a transmis sa haine des hommes.

Il faut voir comme ma mère traitait mon père. Les insultes, la façon qu'elle avait de ne jamais s'adresser à lui, de le mépriser, j'avais tout occulté. À table, elle l'appelait le *pourchiaud* devant tout le monde, ce qui veut dire « petit porc », en patois. Elle était dure avec lui, mais moi, comme je ressentais qu'elle souffrait aussi, je tenais toujours de son côté, à elle. Une nuit, il avait pris des médicaments. Il a redescendu le grand escalier en bois de la rue Anatole-France dans un brancard. C'était un appel au secours, un médecin, s'il veut se suicider, il ne se rate pas. Parfois il se plaignait, « un jour, je vous dirai ce que m'a fait votre mère ». Mais on n'a jamais su.

Tout est ressorti avec cette nouvelle psy. Les conversations à table — si tant est qu'on puisse appeler ça des conversations —, il fallait toujours qu'elle le fiche plus bas que terre.

Cette psy est d'une efficacité… remarquable. En seulement quelques séances. Après avoir galéré quinze ans avec Delattre, mon ancienne psychanalyste. On s'engluait. Enfin, je ne dis pas que ces quinze années n'ont servi à rien non plus. Ça m'a bien aidée tout de même. Je ne sais pas ce que je serais devenue sans Delattre. Morte sans doute.

Je ne comprends pas comment ils faisaient avant, les gens, quand il n'y avait pas de psy. Je veux dire, ils devaient tous mourir complètement fous ! Et tous ces gens qui n'ont jamais fait de thérapie, mais vraiment, ils puent le mal-être à plein nez, non ? On a envie de leur hurler « mais va te faire soigner ! ». Les gens qui ne sont pas suivis, ils sont tous un peu arriérés !

Bon, le principal, pour moi, c'est que je suis maintenant sûre d'une chose : mon père n'y était pour rien. Et je recommence à l'aimer, le pauvre. Je l'ai toujours aimé dans le fond, même si je ne suis pas allée à son enterrement. C'était ma mère, toujours ma mère, et cette satanée haine des hommes. Comment on dit déjà la haine des hommes, y a pas un mot pour ça ? Je m'étais imaginé que mon père était le diable, tout ça à cause de cette vieille folle.

Je ne lui pardonnerai jamais. Et dire que je la prenais pour une sainte. Tu parles. Une belle cinglée oui. Voilà où j'en suis grâce à elle. Seule à plus de soixante-trois ans, ça fait plaisir. J'ai massacré tous les hommes qui ont croisé mon chemin, les pauvres. Enfin, ils ont payé l'addition quoi. Alors que, dans le fond, je ne suis jamais tombée que sur des types bien. Mais je vais beaucoup mieux maintenant. Beaucoup mieux puisque j'ai tout compris. Et ma mère, cette vieille folle, je n'aurai pas assez d'une vie pour la haïr. Quel gâchis.

Elle s'appelle Désirée, la psy. Je lui dis « vos parents, ils ont dû être contents de vous avoir ». Elle dit « ah, vous savez, ce n'est pas pour ça que tout s'est toujours bien passé ». J'essaie de la faire parler d'elle, ça la change des autres patients avec qui elle doit toujours se taire. Si elle n'était pas ma psy, on serait amies.

Moi aussi mon arrivée était très désirée, tu sais, il paraît que mon frère s'est mis à genoux chaque soir pendant six mois en priant « mon Dieu, je vous en prie, donnez-moi une petite sœur ».

Je suis née à la maison, avec l'aide de ma tante qui était sage-femme. Ma mère m'a eue à trente-six ans, à l'époque on appelait ça un enfant de vieux. L'accouchement a été terrible, avec ma folle de mère qui n'était pas capable de pousser. Elle ne m'a jamais prise dans ses bras, le soir, avant de se coucher, elle s'enduisait de crème Nutrix, tu sais la Nutrix de Lancôme, hyper-grasse, ils la vendent encore, elle prenait cette crème comme prétexte pour éviter tout contact avec nous, « je ne vous embrasse pas, je colle… ».

Pour ma toilette, elle me lavait dans l'évier de la cuisine, sous le regard de la femme de ménage qui prenait son café, du jardinier qui entrait et sortait, de la bonne… Tout le monde me reluquait, même mon frère, je me sentais nue, mais alors nue… Quand j'ai enfin été formée, j'ai pu aller seule à la salle de bains. Ma mère me laissait une heure ou deux dans la baignoire, je me mettais la tête sous l'eau et je comptais jusqu'à cent, je voulais me noyer.

Je ne suis allée à l'école qu'à six ans, moi. Je restais à la maison, je faisais des scoubidous. Pas de livres, je ne savais pas lire. La plupart du temps, je restais avec les poules et les canards. Je me lovais contre eux au poulailler, je cherchais un peu de chaleur. Ma mère ne m'a jamais touchée. Pas de baiser. Elle avait peur de moi, peur de l'affection. Elle était en pleine folie. Elle était souvent hospitalisée. La preuve c'est qu'elle avait une robe de chambre blanche et bleue en nylon. Et moi, j'étais sa garde-malade.

Il y avait un coq très méchant, il me mordait. Ma mère ne voulait pas le tuer, c'était le chapon pour Noël. Quand il a été tué, j'ai pu ressortir.

Ma mère n'était pas contente, j'embrassais les poules sur les yeux. C'était humide. J'allais dans le poulailler, je me nichais. Les poules se mettaient sur moi. J'aimais les animaux.

Ma grand-mère me vouvoyait, je me souviens, elle me disait « Charlène, vous allez tuer votre mère ».

Moi, je n'ai pas pu faire d'études. Mon père disait que j'étais idiote. À mon frère, il disait « toi, tu feras médecine comme moi ». Et, en parlant de moi, « elle, ce sera l'école ménagère ».

Ma chérie, ce soir, je ne sais pas ce que j'ai mais je pense à ma famille, c'était vraiment des gens très négatifs, tu sais, ce qu'ils pouvaient être négatifs.

C'est à quelle heure déjà ? Il faut vraiment que ça soit toi pour qu'on mette France Culture ! Tu stresses parce que tu passes à la radio ? Mais il n'y a pas de quoi. Tu te fais un monde avec ça alors que personne n'écoute. C'est pas RTL tout de même.

Pendant ce temps, moi j'ai été demander ton livre à la librairie, du coup ils ont dû le recommander, tu vas voir que, grâce à moi, tu vas faire exploser tes ventes !

Et surtout, quand tu passes à la télé, dis-toi bien que personne ne te regarde. Mais non, les gens font leur soupe ou se liment les pieds, ils s'en fichent de ta tête ; de toute façon, ils ne retiennent que celle du présentateur. Je t'assure, moi, je ne me souviens que de la tête du présentateur, les invités, je les oublie aussitôt. Sois calme, ne bégaie pas. Et parle avec un débit lent, comme dans le Midi.

On ne te juge pas sur ton physique mais sur ce que tu dis. Alors, s'il te plaît, parle lentement, sinon tu vas manquer toute ta prestation.

La Colette, elle ne s'arrange pas. Depuis qu'elle t'a vue à la télé, elle ne fait que me critiquer. Si ce n'est pas de la jalousie ça. Je lui ai dit

« ma fille c'est une artiste, alors que la tienne, elle reste à la maison, c'est une vraie feignasse ». Elle m'a dit « l'art, on n'en vit pas, c'est vraiment n'importe quoi ».

Mais non, elle n'a jamais rien lu, tu parles, elle ne s'intéresse à rien, elle a dix ans de moins que moi, et elle ne conduit déjà plus. Elle sait à peine répondre au téléphone, une fois sur deux, elle se trompe et elle raccroche au lieu de décrocher. Dès qu'il y a un double appel, elle est perdue.

Tu as pu écouter mes messages ? Il paraît que je suis en rémission, en rémission !

Ils m'ont juste dit qu'ils allaient me déplacer le cathéter mais pour me le remettre où ? Dans les chaussures ? Et pourquoi pas ? On y pose bien des bombes !

Si, si, ton frère est encore là. Il est venu avec la petite, elle est adorable, elle joue avec la chienne, on dirait deux sœurs. Comme c'est bien pour un chien d'avoir un enfant pour jouer, ça l'occupe.

Écoute : plutôt que les mecs, je préfère la littérature.

J'ai écrit toute la nuit, j'ai presque quinze pages !

Dis-moi, je ne savais pas que c'était si dur l'écriture, je raconte, ça s'enchaîne. C'est logique, c'est chronologique. Je me relis et alors là : c'est LA CATA. C'est une sacrée thérapie tout de même, après je me calme. Je vais me coucher, je me dis : ce que je suis calme.

Je vais l'appeler *Flashback*, mon histoire. C'est pas mal *Flashback*, comme je raconte ma vie et que *Vipère au poing*, c'est déjà pris.

Je peux te dire qu'avec tout ce que j'ai sur le cœur, quand ça va sortir, ça va bomber. Écoute là, c'est un passage où je parle de ton père, « c'était un homme à femmes, d'une élégance folle, mais quand il l'a rencontrée, elle, l'oie blanche, l'innocente... », t'aimes bien ? Et après, c'est au tour de ton frère et toi, je vous ai renommés Charles et Victorine.

La Madame Vanden dans mon livre, l'horrible, tu l'as reconnue ? C'est ma mère. Ah la sorcière, l'ignoble. Elle était hypocrite. Elle avait de ces manières doucereuses. Elle se plaignait tout le temps et en fait c'était un démon.

Esméralda, c'est moi. La fille du soleil.

Tout le monde y passe, tout le monde entre dans le livre : ils entrent, ils ressortent. Et hop.

J'ai envie de hurler, c'est un cri ce livre. *Le cri*, c'est déjà pris comme titre ? J'espère bien que je vais me faire éditer, même post mortem.

J'ai fait trois pages pleines d'ordinateur en cinq heures de temps, ça fait combien de pages sur un livre ça ?

Le titre de mon roman, j'ai encore changé. Je

ne garde pas *Flashback*. Je préfère *La rage aux tripes*. Sinon, j'avais une autre idée, mais j'ai oublié, j'aurais dû noter. Quelque chose comme *Punching-ball*.

Ce que j'ai écrit, ça ressemble à ce livre, tu sais, *Une soupe aux herbes sauvages*, c'est dans le même genre foisonnant.

Je pourrais aussi écrire pour toi si tu veux, je peux t'inventer toute une nouvelle sur la chienne, expliquer les conneries qu'elle fait chez les gens, et c'est qu'elle en fait… mais on l'aime quand même ! C'est un peu décapant ce que j'écris mais moi je suis décapante.

De toute façon, c'est toujours mieux d'écrire que tricoter ou apprendre l'espagnol qui ne sert à rien, tu ne crois pas ? Je t'écrirai une histoire rondement menée avec des faits de tous les jours. Écoute ça : « À trente ans, je suis partie quatre jours à Paris, j'ai traîné dans les squats. J'ai pris ma Renault 5 pourrie, je suis arrivée dans la capitale, je me suis paumée dans les rues. Je croise un Noir, il me dit "tu veux de l'aide ?". Je lui dis "j'ai peur de toi". Il m'a sorti une croix "j'ai la foi, je ne vais pas te faire de mal". Il m'a dit qu'il était clandestin, qu'il ne pouvait pas aller trouver les flics avec moi mais que je pouvais dormir chez lui. Je pense qu'on a fait l'amour mais je ne m'en souviens plus très bien. »

Ma chérie ? On ne peut pas en faire une nouvelle ? Je te donne les histoires, tu n'as plus qu'à te servir.

Alors c'est l'histoire d'une petite bourgeoise naïve, brebis blanche qui sombre dans les bas-fonds de Paris, c'est bien ça, fais-en quelque chose. Appuie sur le contraste entre cette oie blanche et cet homme, un saint. Balance-moi ça aux éditions Gallimard. Une femme qui découvre Paris en trois jours avec un Noir, là, si je ne t'aide pas ! Mets-y une touche un peu caustique et sors-moi un truc.

T'en veux d'autres des histoires de ce genre ? Tu devrais déjà être au zénith de la littérature et tu es encore en bas de l'échelle ! Je vais te donner des plans et tu les écris, tu prends ça et t'arranges à ta sauce. Je ne demande rien moi, pas de royalties, pas de pourcentage, c'est cadeau. Je te donne l'histoire, c'est du vécu, toi, tu injectes ton talent, et hop !

Moi je m'en fiche que tout le monde connaisse ma vie, je vais mourir, alors, merde, qui se souviendra de moi ? Personne. On s'en fiche de moi alors, toi, tu prends ces histoires et tu fonces, tu exploses.

Celle-là sur Paris, t'as retenu hein, pas la peine que je te l'écrive ?

Les sentiments dominants, je t'explique pour ton histoire, c'est misère, peur et angoisse.

J'ai ressenti les effets de la drogue sans me droguer. J'ai tellement erré dans Paris, tellement peu dormi et traîné dans des endroits glauques. Le Noir m'a reconduite chez moi au bout de trois jours, il m'a dit « je ne pouvais pas faire autrement, t'étais trop mal ».

En fait, j'étais allée à Paris pour chercher ton père qui arrivait à Roissy. Il rentrait de je ne sais où, mais on était déjà séparés. Quand il m'a vue à l'aéroport, il m'a évitée, il est passé à côté de moi et est reparti avec ses amis, de son côté. Ton père c'était ma drogue, tu comprends, mon seul repère, et lui, il me jetait… J'étais paumée… J'ai d'autres histoires encore, comme la fois où j'ai servi de prête-nom…

Non, non, ton père il avait dit au mien, de père, « votre fille est trop malade, c'est sa peau ou la mienne, alors je sauve la mienne. Je la quitte ». C'est dur la vie, hein ? Ça t'aide que je te parle de ça ?

Moi, ça m'aide d'écrire, ça me resitue dans mon histoire, ça fait surgir des choses de mon inconscient, c'est extra !

Une autre histoire pas mal non plus : la femme qui est en chimio, elle se planque pour que personne ne s'aperçoive qu'elle n'a plus de cheveux, puis, un soir, elle se fait belle, elle se prépare pour sortir au cinéma et elle oublie d'enfiler sa perruque. Elle se demande pourquoi les gens la regardent, elle ne comprend pas.

Je te donne autant d'histoires que tu veux, cent, mille, on va s'associer, tu veux bien ? Moi, je m'en fiche de la gloire. Je vais te faire une banque à histoires dans laquelle tu pourras puiser, ça t'arrange ?

Si ça se trouve tu vas te mettre à gagner plein de sous ! Tu pourras aider ta mère à aller dans une belle maison de retraite.

Tu l'entends hurler, la petite ? Ils me l'ont laissée pour la journée, mais elle est insupportable ! Je n'en peux plus ! Je te mets le haut-parleur pour que tu puisses en profiter toi aussi !

Valentine ! Tata t'écoute dans le téléphone, cesse tes caprices ! Tu fais peut-être marcher tes parents sur la tête, mais, moi, on ne me la fait pas. Et je peux te dire qu'avec moi tu vas la bouffer ta purée de carottes. Non mais. Ce n'est pas une gamine de quinze mois qui va prendre le dessus.

Valentine ! Mais, mais… où elle va ? Valentine ! RANGE TOUT DE SUITE CES FEUTRES !

Je vais devoir raccrocher ! Elle est en train de me griffer la table basse ! Elle va m'en mettre partout ! Pas de feutre ici, j'ai dit, ça salit ! La fois dernière, j'ai dû insister pour ravoir toutes ces taches qu'elle avait laissées ! J'ai dû frotter, et encore frotter…

Allez hop, Valentine, remets-moi tout ce barda dans le coffre à jouets, est-ce qu'on a idée d'avoir autant de babioles ? Gâtée pourrie va ! Est-ce que j'avais des jouets, moi, quand j'étais petite ? Rien du tout, ni couleurs ni pâte à modeler, je m'occupais toute seule dans mon coin, je n'emmerdais personne.

Allô ? Si tu veux mon avis, ses parents en font beaucoup trop avec elle, ils ne lui rendent pas service et, plus tard, elle tombera de haut... Hein, Valentine, que tu tomberas de haut, quand tu réaliseras que la vie ce n'est pas du tout rose, que les princesses et le Père Noël, ce ne sont rien que des conneries...

Mamie, elle peut te le dire, elle, que la vie est moche : les gens sont méchants, horribles, affreux, c'est pour ça que mamie reste toute seule, elle est bien tranquille... Valentine ? Tu viens faire un bisou à mamie ? Fais un bisou à mamie s'il te plaît ma chérie ! Valentine ? Embrasse ta grand-mère tout de suite ! Valentine ! Si c'est comme ça, reste dans ton coin, TU N'EXISTES PLUS POUR MOI. Moi, je n'avais jamais de bisou à ton âge, jamais ! Mon père et ma mère en avaient une sainte horreur.

Valentine ! Pour la dernière fois, embrasse ta mamie et plus vite que ça. Valentine un, Valentine deux, Valentine... Si c'est comme ça, je te ramène chez tes parents illico, ils t'ont voulue, qu'ils te gardent. Je les avais bien prévenus, deux gosses coup sur coup, vous n'allez pas vous en sortir, ils en avaient bien assez de ton frère.

Enfin, espérons qu'ils ne nous en remettent pas un troisième sur le feu... C'est ça : hurle ! Ça ne me fait ni chaud ni froid ! Valentine ! C'est qu'elle se roule par terre maintenant ! Comédienne ! Tu parles d'un spectacle pour une grand-mère ! Allô ? Tu entends ça ? Je suis à bout, à bout ! Qui est-ce qui m'a fichu une gosse pareille ? Ne fais jamais d'enfant toi au moins. Tu es bien tranquille ! Et ne laisse personne te cadenasser, tu es libre et, ça, c'est de l'or.

Ça y est, j'ai réussi à la coucher. Non, mais je te jure, quelle comédie. Évidemment ses parents lui laissent tout passer, au moindre pleur, « que veux-tu ma chérie, que se passe-t-il, où est-ce que tu as mal, tu as faim ? ». Un gosse qui hurle, c'est pour faire sa loi. Est-ce qu'on est là pour obéir aux enfants ? On marche sur la tête ? Non, moi, la petite, je lui explique « ce n'est pas toi qui commandes quand tu es chez mamie. Je vais te faire voir les choses à MA façon, pas à la tienne. Sûrement pas ». Elle hurle, elle est prise de convulsions, il faut voir comme elle se met en colère. Dans ces cas-là, il faut la laisser pleurer. La claquer dans son lit jusqu'à extinction des feux.

Enfin, c'est leur fille, ils feront bien ce qu'ils veulent. Moi, je n'ai pas mon mot à dire.

Ça y est, la petite est repartie. Qu'est-ce qu'elle me manque. J'y pense tout le temps, elle est si mignonnette, si attachante. Je l'adore cette gamine. C'est la prunelle de mes yeux. C'est mon petit trésor d'amour.

C'est pas que je ne t'aimais pas toi, non, je t'adorais quand tu étais bébé, mais ça s'est corsé vers l'âge de deux-trois ans, tu vois, l'âge qu'a Valentine à présent. Quand tu as commencé à me tenir tête, à t'opposer. Tu n'étais plus la jolie petite poupée dont j'embrassais la plante des pieds, tu hurlais dès que je voulais t'habiller, tu passais ton temps à dire « non non non ». Que pouvais-je y faire ? Ce n'est tout de même pas de ma faute, c'est toi qui m'as rejetée. Que dis-tu ? C'est pas vrai que je suis manipulatrice, j'ai besoin qu'on s'occupe de moi, qu'on m'aime. C'est tout.

Mais non, c'est que ton frère avait meilleur caractère, il ne disait jamais rien, d'ailleurs, il n'a parlé qu'à l'âge de trois ans. Il était calme, souriant. Il a fait ses nuits tout de suite, jamais un mot plus haut que l'autre, un ange, un bon petit pépère.

Pour vous, je serai toujours celle qui vous a massacrés et à cause de qui vous êtes devenus des artistes. Mais il y a autre chose quand même, non ? Vous ne voyez toujours que le verre à moitié vide, il serait temps de boire le reste !

C'est vrai dans le fond, vous ne m'avez jamais dit merci pour votre enfance. Vous ne m'avez jamais dit « merci maman, c'est grâce à toi qu'on a développé toutes ces choses positives et qu'on est devenus ce qu'on est devenus ».

Et puis, il n'y a pas que moi, il y a votre père aussi, s'il ne m'avait pas laissée, on n'en serait pas là aujourd'hui. C'était mon mari, tout de même.

J'étais pas dégourdie quand j'avais trente ans,

quand on s'est séparés avec votre père je ne savais même pas tenir mes comptes en banque. Mai 68 ? Tu parles, au lieu d'aller aux rattrapages du bachot, je me suis mariée. C'était comme ça à l'époque, l'homme s'occupait de tout, c'était l'ancienne façon.

Je leur ai payé un vase pour leur nouvelle maison, un beau vase. J'y ai mis le prix. Elle t'a dit quelque chose ? Elle en a pensé quoi de mon vase ? Elle était contente ? Parce que par-devant elle est toujours contente, mais après on ne sait jamais ce qu'elle pense.

Ah, bon, elle a dit qu'il était kitsch ? Kitsch mon vase ? Mais elle ne met que des horreurs dans sa maison, des vieilleries. Regarde ses tableaux, sa déco… et c'est moi qui serais kitsch avec mon vase ? Puisque c'est ça je n'offrirai plus rien. Et son pull que je lui ai fait, j'ai passé des nuits dessus. Je me suis bousillé les yeux, et, elle, elle ne le porte jamais. Elle est froide, elle est dure avec moi. C'est une belle-fille quoi. Elle m'énerve par moments. Quand elle a des raisons de m'énerver. Il faut être bien élevé et calmer le jeu mais ça me titille, tu vois le genre, comme toutes les belles-mères.

Et lui, il faut voir comme il lui obéit au doigt et à l'œil, je ne reconnais plus mon fils. Il a beau fanfaronner devant moi, je vois bien qu'elle le mène à la baguette. Mais non, il ne supporte pas que je lui parle de ça, c'est malheureux !

Allô ma chérie ? Je t'appelle du portable de Colette, on m'a volé mon téléphone, tu te rends compte ! Je ne sais pas, il était dans mon sac, et puis, paf, il a disparu ! Avec tous mes numéros dedans ! Si tu dois me joindre, tu m'appelles sur le fixe, d'accord ? Non non, un peu secouée mais ça va !

Je ne suis plus une nounouille. Je me suis trouvé un nouveau téléphone pour cent cinquante euros. Série limitée. C'était le dernier, j'ai saisi l'occasion. J'ai couru ventre à terre chez Orange.

Tu sais que je retourne à l'aquagym avec les mémés ? Parce que, sinon, les kilos, pffft… Avec Colette, qu'est-ce qu'on s'éclate. On fait des soirées baba cool avec des musiciens genre Renaud, on apprend la polka. Tu sais qu'elle part en Tunisie ? Si, une semaine en hôtel club, à Sousse ! Comme j'aimerais y aller aussi, moi qui n'ai jamais voyagé, ah la Tunisie, j'en rêve. Mais, comme je dis à ton frère, je n'ai pas les moyens, non, vraiment, tant pis.

Ça m'aurait fait du bien pourtant, après ces mois de cauchemar, et, puisque la chimio est terminée, je suis libre comme l'air. Eh bien, c'est comme ça, Colette partira et moi je resterai ici.

C'est vrai, tu ferais ça ? Tu me paierais le voyage ? Une partie ? Ah bon, et pourquoi pas tout ? Bon, bon, je vais réfléchir... Tu ferais ça pour ta mère ? Oh ma fille, ma fille ! T'es une chieuse mais t'es comme moi dans le fond, t'as du cœur ! J'appelle tout de suite Colette, pour voir s'il reste encore des places.

J'ai raccroché par erreur. Désolée, avec ce nouveau portable, je galère. Il s'éteint tout le temps, écran noir, tu voudras bien regarder un peu avec moi quand tu viendras ? Si, je t'assure, la vidéo s'active toute seule quand on m'appelle. Encore ce matin, un copain qui me dit « c'est fou Charlène, tu es en chemise de nuit et tu bouges dans le téléphone ». La honte, j'étais à peine levée, j'avais encore ma tête de réveillon. J'ai acheté cet appareil pour me simplifier la vie, eh bien, c'est réussi : depuis que je l'ai, j'ai perdu la moitié de mes amis.

Et le fond d'écran ? Tu sais comment ça se change ? Non, parce que c'est ta tête que j'avais mise en fond d'écran, mais là j'en ai marre, je voudrais bien voir autre chose.

Je suis en Tunisie. Je ne t'appelle pas longtemps parce que je crois que c'est toi qui paies la communication !

Pas de vagues, une mer d'huile !

L'arrivée a été folklo. Sur le bateau, j'ai dégueulé tripes et boyaux.

Un service nickel, de bons légumes, toujours frais : un genre de Club Med en beaucoup plus classe.

Une animation formidable, des cabarets mieux qu'à Paris.

Le soir on fait des jeux, des blind-tests, le mot le plus long, on rigole avec les animateurs. Colette chante *Le géant de papier*, et, à chaque fois, elle gagne le café. On déconne ! J'ai appris la country et la danse du ventre. Ils m'ont mis des grelots sur le bide, tu m'aurais vue ! Ta mère ne se débrouille pas si mal, figure-toi.

Colette est à côté, allez, je te la passe ? C'est vrai, c'est toi qui paies, alors on t'embrasse, on t'embrasse !

Oui, ça y est, je suis rentrée hier soir ! C'était une bonne idée ce séjour en Tunisie, tu n'as pas donné tes sous pour rien.

Sur place, c'était pas cher, on payait tout en dinars. Je n'ai pas fait d'excursions, des kilomètres et des kilomètres en bus, juste pour voir la Tunisie, bof, comme dit Colette : le piège à touristes.

Et puis, les Tunisiens, ils passent tout le temps avec des cartouches de cigarettes, des parfums, tout ce que tu veux. Ils te saoulent à force.

Je suis revenue avec un sac plein de cadeaux,

hyperlourd. La petite, je lui ai acheté un chameau qui pleure, le petit, lui, des babouches et la Sylvie une peau de mouton. C'est-à-dire qu'au départ je lui avais pris un petit sac tissé, le style de là-bas, mais c'était trop beau finalement, j'ai préféré le garder pour moi. Et pour toi, non, je n'ai rien pris. Je sais qu'avec toi ça ne va jamais, alors, plutôt que me faire rembarrer, je préfère m'abstenir.

Là-bas, j'ai rencontré un mec, un Claude. Il me plaisait bien, même s'il fumait deux paquets par jour. On a fait un échange avec Colette, elle est allée s'installer dans la case de Claude et lui est venu dans la nôtre, qui était bien plus grande. Le temps du séjour, ça me faisait un peu comme si j'étais en couple. Colette n'était pas enchantée, c'est sûr, au début elle me critiquait, et gnagnagna et gnagnagna. Évidemment. J'ai bien essayé de lui parler, je me justifiais, gnagnagna, puis, au bout d'un moment, je l'ai ignorée. Colette est arrivée seule, eh bien, elle est restée seule jusqu'à la fin.

Il est veuf, le Claude. C'est lui qui a retrouvé sa femme. Il m'a dit « un matin à neuf heures, elle ne s'est pas levée ». Il est revenu vers dix heures, elle ne s'était toujours pas levée car elle était morte. Il a dit « j'ai dû aérer car ça commençait à puer ».

Les clopes, ça y va avec lui. Quand j'en fume une, il en fume deux.

Il n'avait pas flirté avec une femme depuis quatre ans. Il ne savait plus embrasser.

C'est un homme vieille France, pas d'ordinateur. « L'ordi, c'est de la connerie », il dit. Je lui ai répondu « écoute, Claude, t'es borné ».

J'en ai profité à fond mais après t'en as vite marre, ça reste un village.

L'aquagym, c'était un malade, le prof, il gueulait dans l'eau, il était méchant. Tous les autres animateurs très sympas, leurs décors, magnifiques, et leurs déguisements, très artistiques ! Y avait rien à redire, vraiment. T'aurais vu ça.

T'as toujours des cons qui se plaignent alors que la bouffe était délicieuse. De la citrouille, des potimarrons, toutes sortes de potages…

Je craquais sur les pâtisseries, j'en empilais plein mon assiette. Colette me disait « tu ne vas quand même pas t'empiffrer tout ça ? ». Avant, j'aurais eu honte, j'aurais tout avalé de travers, mais maintenant, non, plus du tout !

Il était retraité des Douanes, le Claude, il passait son temps à tout retourner dans la case. Il fouillait mon sac, il mettait son nez partout. Il prenait un air inspiré pour dire « ah, le sac des femmes, le sac des femmes… ».

La nuit, je ne pouvais pas dormir. Il s'arrêtait de respirer pendant au moins trente secondes, il faisait son manège d'apnée qu'il disait, qu'est-ce que j'angoissais. J'ai fini par mettre les boules Quies, je me suis dit « apnée ou pas, s'il crève, je ne l'entendrai pas, mais tant pis, écoute ».

C'est-à-dire que, moi, j'ai plus la patience de supporter quelqu'un. Ça me stresse, ça m'angoisse, je refais du psoriasis à gogo.

Il était beau comme un oiseau de proie, le Claude. Il avait des yeux de faucon en amande, tu vois le style ? Mais si, comment il s'appelle cet acteur ? Le fils Jean-Pierre Cassel, la gueule de Cassel, pas mal du tout quoi.

Non, depuis l'aéroport, plus de nouvelles, il ne m'a pas rappelée. C'est le genre de type qui a l'air de penser beaucoup mais, en fait, il ne te livre rien, c'est un ours.

170 + 156 – 1 515 = … ah non, c'est pas possible ! Qu'est-ce que c'est que ce bordel ! C'est pas vrai ça ! 850 – 1 600 – waouh ! Comment ça se fait ? Je ne comprends rien à ces relevés de merde ! Pffft. À moins que ça ne soit 375 – 127 – 96,30 et que… ça va pas, non. Pfft. Je ne m'y retrouve jamais dans mes comptes en banque. Tu disais ? Mais arrêtez de vous plaindre, ton frère et toi, avec tout ce que vous me reprochez, vous ne devriez même plus me parler. Si vous venez encore me voir c'est que je n'ai pas été si mauvaise. Les enfants qui sont vraiment traumatisés, ils ne parlent même plus à leurs parents.

C'est quoi ces 10 euros ? Intermarché ? Intermarché 10 euros ? Où ils ont été chercher ça ? 7,37 de carte bleue, tiens donc. Si, la voilà la carte bleue, c'est bon. Gaz de France ? Ils m'ont prélevée sans que je leur demande rien ! Aïe aïe aïe ! 26,80 c'est quoi ? Comment veux-tu qu'on s'en sorte si on nous prélève sans prévenir ! Gaz de France, 67. Ah les salauds ! On ne fait que payer, hein !

Il faut me pardonner maintenant, je suis vieille aussi. Il faut évoluer. Et puis tu ne vas pas si mal ma fille : des fois je te vois, tu ris de bon cœur.

375 pour le 9/06. Comment ça se fait ? Ils n'ont pas versé ma retraite ? D'habitude, ça passe le 9 et le 9/07 je n'ai rien touché ! C'est affreux ça ! Comment ils font les gens qui n'ont déjà rien que 375 euros pour vivre et en plus on les oublie ! Oh, non, quelle honte !

Je sais, je suis un monstre. Mes parents me l'ont assez dit, et alors ? C'est pas de ma faute tout de même. Nous les bipolaires, on est capables du meilleur comme du pire, c'est la maladie qui veut ça.

1 615 = 1 888, comment ça se fait ? Ils se sont complètement gourés à la banque ! Ils me font flipper ! Je vais encore devoir prendre rendez-vous avec mon conseiller. Et qu'est-ce qu'ils ont fait, mais qu'est-ce qu'ils ont fait avec ma retraite ? Bon, je les appelle.

Tu crois que j'ai été trop dure avec toi, mais c'est du passé tout ça, ce qu'il faut voir, c'est que j'ai changé maintenant. Je t'aime, tu sais, tu es ma fille, je t'adore, je parle de toi tout le temps avec mes copines, je leur distribue tes livres, elles ne les lisent pas bien sûr, mais elles me disent « ah ta fille, toujours ta fille »… Je donnerais tout, tout pour que tu sois heureuse maintenant. Ah, ce que j'ai été bête à l'époque, immature et bête. J'étais trop jeune pour avoir des enfants, c'est de moi qu'il aurait fallu s'occuper.

Essaie de faire des efforts quand on se voit, parce que moi, me faire engueuler tout le temps, je ne supporte plus.

Répète ? Répète ça ? Tu n'as pas honte ? Non, mais, puisqu'on ne s'entend pas, je ne vois qu'une seule solution : cessons de nous voir. Tu n'es plus ma fille, et je ne suis plus ta mère. Rien ne nous oblige à nous fréquenter.

Comme ça finit toujours en eau de boudin, moi, pffft. Je ne veux plus jamais entendre parler de toi, à mes yeux, tu es morte. Je n'ai plus de fille.

Allô c'est moi ! Ça y est, j'ai rencontré quelqu'un. Un type bien, genre Jean-Louis, tu te souviens, Jean-Louis, le saxophoniste ? Ça y est, c'est le, ah comment on dit déjà ? le coup de foudre ! C'est toujours ça de pris sur la vie. Une nuit… Niveau sexe, la totale… Jamais j'avais connu ça, à mon âge…

Il faisait un peu la tête quand je suis partie, tu crois qu'il est amoureux ? Un peu ? Disons que, là, je l'ai ferré non ? Les mecs, c'est comme les poissons, il faut les attraper, puis les ferrer, ensuite tu tires et, hop, tu récupères.

Plus de tabou. Relâchement total… une nuit… ah, ça faisait longtemps que je n'avais pas ressenti ça. Une nuit éblouissante, je me suis éclatée. Un amant formidable. Dire qu'il m'a fallu attendre cet âge-là pour connaître ça. Le pied. Cinquante nuances de plein gré, c'est rien à côté.

Pourquoi ça te gêne ? C'est la vie non ? Tu n'aimes pas que ta mère parle de sexe ? C'est drôle, ton frère dit la même chose, vous n'êtes pas un peu coincés tous les deux ? C'est tabou en famille ? Excuse-moi, excuse-moi, je ne savais pas.

Je te dis ça, je dis rien, j'ai soixante-trois ans et je n'ai jamais réussi à garder un homme.

Colette a peut-être bien raison, c'est vrai qu'à mon âge je ne suis pas très évoluée. Peut-être que, finalement, il me reste encore une ou deux vies pour finir mon karma ?

Bah rien, je voulais juste t'entendre…

Non, non, à chaque fois, je crois que c'est le bon, je m'investis et puis je me prends une claque en pleine figure.

Encore un mec qui m'en a fait voir… Un mec pas amoureux quoi… Il a dit qu'il préférait ne plus me voir, il est fou celui-là. Il ne prend pas la main tendue, il refuse.

Ah bon ah bon, quel scoop ! Je suis bien

contente pour toi. C'est encore un poète ? Comme je te connais, tu vas te lasser aussi vite que ça t'a pris, mais si c'est quelqu'un de bien, fais des efforts ma fille. Ne ris pas trop fort, sois posée, contrôle-toi. Pour nous qui te connaissons, ça ne nous fait plus rien, mais pour les gens qui ne sont pas habitués, c'est vraiment rédhibitoire. Je dis ça pour toi, je préférerais ne plus te savoir seule.

Et puis surtout, ne dis pas de mal de ta mère, je te connais, tu crois faire ta maligne en dénigrant ta famille et puis après, quand les gens me voient, ils me trouvent plutôt sympa et c'est toi qui as l'air bête.

Non, non, je suis encore sur internet. Je me suis mise sur AdoptUnType. Tu ne paies rien et en plus tu vois les autres femmes, enfin, tu vois la concurrence. Y en a une qui a écrit *J'ai besoin d'aide*. Carrément. *Un sourire, un regard, c'est peut-être le début d'une belle histoire*. Une autre qui s'appelle *Bienperdue*, elle demande qu'on lui fasse un petit signe. Elle est encore pire que moi, celle-là. Et elle : *Aimez-vous les uns les autres*, non mais, elle ne veut pas qu'on tende l'autre joue non plus ? C'est terrible tout ce que tu lis ici, terrible.

Ah, je regrette les 174 euros que j'avais mis dans mon abonnement Meetic. Avec cet argent, j'aurais pu plutôt me payer des soins pour le corps, des trucs pour m'arranger après la chimio.

Je vais ajouter deux photos de ma chienne aussi sur ma fiche. Deux où elle est jolie, avec son petit nœud-nœud sur la tête. De toute façon, les hommes qui n'aiment pas mon clebs, c'est tout de suite la porte. Ma chienne, c'est comme vous mes enfants, c'est sacré.

Je ne suis pas contente parce que, quand je t'appelle, tu ne me réponds JAMAIS. Tu m'appelles quand tu as besoin de quelque chose mais, quand t'as besoin de rien, bah tu décroches pas.

Voilà, c'était maman.

Au revoir.

Je n'entends rien ? Ne me dis pas que tu te brosses encore les dents ? C'est pas vrai, mais tu vas les user ! Comment ? Et après, est-ce que tu te mets de la crème ? Mais c'est que tu t'entretiens, dis-moi, tu prends bien soin de toi ! Moi, je ne mets plus rien sur la peau, je m'en fous. Le soir, je n'ai plus aucun courage, je me couche tout habillée.

J'en ai fait des régimes, j'en ai fait des efforts, j'en ai claqué des sous pour des vêtements. J'étais comme toi avant, je me faisais belle, je me tartinais dans tous les sens, puis j'ai complètement décroché, ça ne m'intéresse plus du tout.

Rien ne m'intéresse d'ailleurs, ni la piscine ni les copines. Tout ça c'est de la merde pour les nanas qui ne savent pas quoi foutre, tu ne rencontres que des gens imbuvables. Ce qui m'intéresse, c'est d'avoir une clope au bec jour et nuit. Je suis carrément malade. Ah, j'en ai marre. Ce soir, je me foutrais bien en l'air, je ne me supporte plus.

Mon petit cœur.

Je suis en train de replonger.

Le médecin m'avait arrêté mon traitement mais j'ai dû reprendre en urgence. Juste le Xanax et le Témesta. Et un peu de Dépamide bien sûr. Je suis remontée à trois par jour. C'était trop dur. Trop trop dur.

Mais non, il ne faut pas dire « pauvre maman », je ne suis pas une victime. Il m'est arrivé, comme à tout le monde, des choses que j'aurais préféré qu'il ne m'arrive jamais.

C'est toi ? Ah non, ça va mieux, c'est bientôt Noël ! C'est ma période préférée. Après, janvier, février, bouh, c'est la dégringolade, mais là, ça va, haut les cœurs, j'ai déjà remonté les boules et les guirlandes de la cave.

Tu ne viens pas seule ? Ah bon ? C'est celui dont tu m'as parlé ? Mais je croyais que c'était déjà fini avec lui ? Écoute, c'est toi qui sais mieux que moi si c'est fini ou pas, mais ne m'amène pas un inconnu à la maison si c'est pour ne jamais le revoir après. Avec toi, on ne sait jamais sur quel pied danser. Ne l'amène que si c'est du sérieux cette fois.

J'aime tant Noël. Tant. Je crois que ce sont les seuls moments où j'ai été heureuse étant enfant. Où ma mère était gentille avec moi. Elle nous passait les chansons de Tino Rossi. À chaque fois qu'il disait « je n'ai pas été tous les jours bien sage », je fondais en larmes. J'avais peur de ne pas avoir droit à un cadeau. Alors je demandais pardon à ma mère, pardon, pardon. En fait, je lui demandais pardon d'être en vie. D'être là quoi.

J'ai eu ton frère, il y a encore eu tout un drame avec les préparatifs de Noël. Un coup ils disent qu'ils viennent, un coup qu'ils ne viennent pas... Je ne vais pas me mettre à genoux devant eux non plus. J'ai dit « moi Noël, si c'est comme ça, je le passerai toute seule et puis c'est tout ». Les salamalecs, c'est pas mon genre.

Je ne peux pas me dominer. Noël toute seule, c'est pas possible.

Viens avec ton ami, on sera ensemble, même si on ne fait pas vraiment réveillon.

Parle plus fort, je n'entends rien, c'est ce clebs de merde qui aboie encore. Depuis le temps qu'il aboie à la mort et qu'on supporte ça. Elles se foutent de moi les voisines, tu sais ce qu'elles m'ont répondu quand j'y suis allée pour leur chien ? Il restera dehors et tant pis s'il aboie. Non, mais les gens, les gens sont… malhonnêtes, dégoûtants…

Tu t'imagines entendre ce sale clébard du matin au soir ? Quelles garces de voisines ! Je leur ai expliqué pourtant, j'ai les nerfs fragiles, je vais retomber en dépression. Tu crois qu'elles s'en foutent ! Elles m'ont ri au nez ! Ah, j'en prends des cachets, depuis des années que je supporte ça !

La crèche est prête, le sapin, les guirlandes, tout est là, il ne manque plus que vous, je barre les jours sur le calendrier, une vraie gosse !

À ton frère et à elle, je leur offre ce lustre, puisqu'ils me l'ont demandé. Alors à toi, je te donne des sous, et tu en fais ce que tu veux, c'est bien, non ? Chacun cinquante euros et on n'en parle plus.

Noël, c'est la bûche ! Ça fait trois jours qu'elle attend au frigo ! Frais, ce n'est pas bon, la bonne bûche, ça se mange rassis. Il aime la bûche ton ami ? Ah, il ne pourra pas y couper de toute façon, la bûche, c'est la bûche. Je n'aime plus les bûches de pâtissier, elles sont écœurantes. Je n'aime que ma bûche. Tu peux même la laisser cinq-six jours au frigo, ça tient bien au frais. Je vous ai préparé de la dinde aussi. Je l'ai faite aux ananas, cuite dans son jus, sans gras.

Je te donne cinquante euros pour ton Noël, tu te rends compte de ce que ça représente pour moi cinquante euros ? Avec ma petite retraite ! Tu te rends bien compte ? Tu es contente au moins ?

J'ai réfléchi, je t'offre de l'argent pour Noël mais, avec le salaire que tu as, tu n'en as pas vraiment besoin ? Tu gagnes combien exactement ? Et tu as des charges pour ton appartement ? Et avec tout ça, tu n'arrives pas à mettre de l'argent de côté ? C'est encore moi, avec mes trois francs six sous, qui devrais te donner cinquante euros ? Ce serait plutôt à toi de m'aider, il me semble.

Mais non, je la laisse crier un peu la chienne, ça fait chier les voisins. Et moi, ça me soulage. Qu'est-ce qu'elle m'énerve cette chienne en ce moment. À chaque fois que je mange, elle reste là à me dévisager, elle me complexe à la fin.

Deux jours ? Vous ne resterez pas plus longtemps que ça avec ton ami ? Mais, mais, je ne sais pas, je pensais qu'au moins jusqu'au Nouvel An… Les voisines, leurs enfants sont là tout le temps, eux… Comment ça, on ne fait pas des enfants pour les garder pour soi ? Ce sont des phrases toutes faites ça, qu'on dit quand on n'a pas de cœur. La vérité c'est qu'on fait les enfants pour soi, sinon c'est trop égoïste.

Allez, c'est entendu. Je te donne ces cinquante euros et on n'en parle plus. Après tout, je les donne bien à ton frère. Mais tu ne lui en parles pas, d'accord ? S'ils savaient que je te donne cinquante euros alors qu'ils ont deux enfants et que toi tu es toute seule, ça ferait des histoires. Je ne veux pas qu'il y ait de disputes ou de jalousie entre vous, je ne veux pas que ça fasse comme avec mon frère à moi. Alors tu prends cet argent une fois pour toutes et pas un mot. S'ils te demandent ce que tu as eu, tu nies en bloc. Ça reste entre toi et moi. Tu préfères un chèque ou des espèces ? Place-les tout de suite à la banque, tu risquerais de les perdre ! C'est une somme tout de même, et, souviens-toi, c'est une partie de ma retraite !

Eh bien quand je n'aurai plus de sous sur mon compte, il faudra bien que vous preniez la relève, vous vous arrangerez, entre ton frère et toi, vous ferez moitié-moitié.

Tu me parles sur un ton devant lui non mais tu te crois intelligente ? Tu me fais des remarques, tu m'engueules devant un étranger, mais, au final, c'est toi qui te ridiculises ! Il faut être adulte maintenant, il faut faire des efforts. Et ce pauvre garçon, ce qu'il était gêné ! Il est adorable en plus, très posé, très poli, plein d'attentions pour moi, le contraire de toi. Tu n'en trouveras pas beaucoup des comme ça : il m'a lavé la voiture, m'a réparé mon imprimante, tu te rends compte ! Je l'aime vraiment beaucoup. Si tu n'en veux pas pour toi, je le prendrais bien pour moi. Et ce qu'il est grand, bien bâti, et ces cheveux ! C'est rare pour un homme d'avoir encore ses cheveux à son âge, tu sais, non vraiment il est épatant. Et puis tu n'es pas un prix de beauté non plus, que veux-tu trouver de mieux ?

À huit heures, hop, je suis déjà en route. Je prends mon café, on m'amène le journal, je lis l'horoscope. Je fais mon train-train, je n'ai jamais été aussi bien. Ah non, ça ne valait pas la peine de s'emmerder avec un bonhomme.

Un couple à midi, au restaurant, tu aurais vu la tête du type. Il ne parlait que Bourse, tiercé, sa femme avait l'air de se faire chier. S'il faut supporter ça. Il faut déjà être bien seule et après, un bonhomme, c'est un plus.

Souvent je me parle toute seule, je me dis « tu devrais faire ceci, tu devrais faire cela… », oui, je me tutoie, je m'entends bien avec moi-même.

Tu te rends compte Colette, ma copine Colette, elle ne vient plus me chercher à la gare. Elle a rencontré un mec à la cafète ce midi. Ils ont échangé quelques mots et il lui a plu. Elle y retourne demain à la même heure, pour essayer de le revoir. « Il m'a parlé, il m'a parlé… », ça l'a toute remuée la pauvre. Elle y retourne alors qu'elle n'a même pas rendez-vous. C'est n'importe quoi, juste pour un type… Elle plante sa vieille copine à la gare…

Caféïne57, cinquante-sept ans, il n'est pas mal lui. Qu'est-ce qu'il raconte ? Qu'il étudie quoi, la graphologie ? Et celui-là, il aime les montagnes russes ? Pfft.

Je me suis encore inscrite sur un nouveau site, cette fois-ci, si ça ne marche pas, c'est le vrai désespoir.

Lui, il s'appelle Roger, et j'aime pas les Roger.

Lui, c'est un beau mec, ah oui ! À lui, je vais lui écrire. *Bonjour Valmont, c'est moi Chinchilla. Appelez-moi Chinchi.*

Je suis sur des tas de sites. Je cherche un mec tous azimuts, mais y a que des gens à problèmes, t'as qu'à me voir…

Trente-cinq ans ? Un jeunot de trente-cinq ans qui flashe sur moi ! Non, mais, ça va pas la tête ? Ah ça, j'aime pas du tout !

Bah, je suis bien toute seule, je suis tranquille. C'est pas un mec qui va me faire aller mieux.

Tiens, encore un Scorpion en ligne. C'est bien le Scorpion, c'est un bon signe. J'en suis contente dans l'ensemble. On se tient à peu près, nous les Scorpion.

J'ai vécu dix ans avec un Scorpion, ouh là. On s'entre-détruisait. C'est écrit dans tous les horoscopes : « Scorpion, méfiez-vous des Scorpion. Vous vous entre-détrui… », enfin, tu vois ce que je veux dire, c'est la merde quoi.

Tu sais pourquoi on ne s'entendait pas toutes les deux quand t'étais petite ? C'est parce qu'on était toutes les deux Scorpion, du même décan en plus ! Les Scorpion entre eux, pfft. On avait le même caractère, alors, évidemment, on se bouffait le nez. Je m'entendais mieux avec ton frère, évidemment, c'est un Capricorne. C'est une question de tempérament. Les Capricorne sont si doux, toujours souriants…

Il est Capricorne ton frère, il est spécial, il a ses idées bien à lui. Attention, si tu rencontres un Capricorne : méfiance.

Encore ce chien qui hurle à la mort depuis ce matin. Évidemment, elles sont au boulot, les voisines, et elles laissent le clebs dans le jardin, seul, toute la journée.

Tu ne sais pas où ça s'achète, des boulettes ?

Non, pas des boulettes de viande, des boulettes spéciales.

Ils font une autopsie après ? Il ne risque pas d'être tout baveux ? Ils vont se douter que c'est moi, non ? Qui ça peut être d'autre ? Tant pis, écoute, s'il continue, une bonne boulette et puis c'est tout.

Allo ma chérie ? Juste pour te dire que je pars aux urgences. Ça va toi ? Oui, je retourne à l'hôpital, tout de suite, là, maintenant. J'ai très mal, si tu voyais mon cou, ma veine jugulaire mon dieu, ça va péter. À mon avis, c'est grave. Je ne veux pas crever, pas question. Je n'ai pas dormi une minute avec la douleur, et depuis, ça enfle. Mon cou est extrêmement gonflé, une phlébite avant ce soir, sûr, je risque l'embolie à chaque instant, c'est terrible, oui, Colette est là, on est sur le départ on laisse tout en plan, tu penses dans ces cas-là, la vaisselle, le ménage, ça passe après, la santé c'est la priorité n'est-ce pas ?

On laisse la chienne en bas. Qu'elle aboie ! Les voisins peuvent bien gueuler, je les attends, je te jure, quand il y a urgence, on ne pense pas à faire garder son chien, on fonce à l'hôpital, pas une minute à perdre, dommage qu'on n'ait pas de sirène pour flanquer sur le capot de la voiture, enfin, j'espère qu'il n'y aura pas trop de monde au CHR tout de même, à chaque fois qu'il arrive quelque chose il faut que ça tombe un dimanche hein, c'est toujours la même histoire, je ne peux pas tomber malade un lundi matin à neuf heures comme tout le monde, à la limite un jeudi quatorze heures, non, il faut toujours que ça arrive quand tout est fermé ces trucs-là.

Vu la gravité de mon état, ils ont intérêt à me prendre en priorité, de toute façon, tu me connais je ne compte pas me laisser faire. Je vais jouer des coudes pour passer en premier je ne vais pas me laisser impressionner par ces cons de toubibs non ouh là je me regarde dans la glace, c'est pas joli joli dis donc, j'ai le cou prêt à exploser, c'est proche du cœur, du cerveau aussi ; si ça pète, c'est fini ; je suis définitivement gaga.

Écoute, si je suis dans cet état-là, enfin, tu comprends, si je deviens une vraie légumineuse, je veux que tu me promettes que tu viendras me débrancher. C'est bien sûr ? Je peux compter sur toi ? Tu veux que je laisse un petit mot quelque part pour que tu n'aies pas de problème, je ne sais pas, juste une gribouille, quelque chose comme « Je certifie que seule ma fille a le droit de me débrancher ». Je sais bien que tu n'aimes pas que je parle de ça mais : l'heure est grave. Ce sont quasiment mes dernières volontés alors tu dois les écouter. Jésus. Il ne sert à rien de te cacher la vérité, vu l'état où je suis et ce cou qui enfle de minute en minute, j'ai peu de chances d'en réchapper cette fois, si, si, Colette se prépare, c'est elle qui me conduit aux urgences, enfin, elle est prête, elle m'attend devant la porte, elle est déjà dans la voiture, mais je voulais t'appeler avant, prendre quelques nouvelles… et tiens tant que j'y suis tu n'aurais pas retrouvé une aiguille à tricoter, que j'ai oubliée la dernière fois dans ta voiture ? C'est pour finir le pull de la petite. Devine ce qu'on m'a vendu en mercerie ? Des aiguilles en bambou figure-toi, de vraies merdes, je me suis assise dessus, ça y est, plus d'aiguilles, j'ai bien essayé d'en commander sur internet mais je n'ai pas confiance, je n'ose pas donner mon numéro de carte, sinon, j'ai trouvé un site super, tu as de quoi noter ? C'est montricot.com, tout simplement... Bon, allez, tu as raison, j'y vais, je suis au plus mal, on se tient au courant, si je ne te rappelle pas, tu sais quoi faire, n'est-ce pas ? Je te laisse la lettre près du téléphone, ne te trompe pas, il y en a une autre, à côté, pour vous dire que je veux être incinérée, voilà, tu sais bien que... bon, d'accord, je raccroche, au revoir ou adieu, c'est tout comme... tu as raccroché ?

Tu sais pas ce qu'il m'a encore trouvé le toubib ? Un début de Parkinson ! Il m'a dit, vu votre état, c'est ou le collier, ou la résidence médicalisée ! En maison de retraite à mon âge, il est pas fada celui-là ? Pas question, je reste chez moi avec ma chienne ! Je ne veux pas aller dans ces trucs pour vieux ! Mais je suis en rémission, en rémission, ça veut dire que demain sera mieux qu'aujourd'hui, ça me rappelle un pendentif que m'avait offert votre père, quand on était jeunes et qu'on s'aimait, c'était écrit : « Aujourd'hui plus qu'hier et moins que demain, je t'aime ». Non, non, je crois pas que ce soit Parkinson, c'est juste que j'ai eu tellement peur de mourir avec ce foutu cancer, j'en tremble encore tu comprends ? Les gens pensent qu'on fait quelques chimios, et que ça passe, mais il y a les effets secondaires ! Par exemple mes dents, elles tombent l'une après l'autre, c'est la dégringolade ! Bon, je te laisse, c'est bizarre, j'ai la tête qui me tourne.

Oh je te jure, je suis allée voir pour les colliers. Quels colliers ? Mais les colliers pour les personnes âgées, pardi ! Pour quand on est vieux et qu'on ne tient plus debout ! Les colliers qui donnent l'alarme, pas les rivières de diamants ! En cas de malaise, t'as qu'à appuyer sur un bouton et des centaines de pompiers déboulent chez toi, t'as pas vu la pub à la télé ?

Répète-moi ça ? Enceinte ? J'entends mal ! C'est sans doute mon portable, ou la ligne peut-être, ça y est, j'ai du réseau à nouveau ! Tu disais ?

Tu es enceinte ? Ah bon ?

Et tu vas le garder ? Mais qui va te le garder ?

J'y pense tout le temps, tout le temps. C'est incroyable que ça t'arrive à toi. À toi, ma propre fille ! Qu'est-ce que je suis contente, qu'est-ce que je suis contente ! Ah, je vais le chouchouter celui-là. Ça va être mon petit père, mon bon petit pépère.

Je suis tellement heureuse, tu te rends compte, si j'étais morte, je ne l'aurais pas connu ton bébé, rien que pour ça, il fallait que je vive.

Je tricote tant que je peux, j'ai fait le pull un peu court, ça fait un peu brassière, c'est ouvert derrière, pour enfiler la tête. Il l'aura pour l'hiver, c'est chaud, c'est l'essentiel.

Puis c'est mignon, c'est fait par mamie !

Il me reste l'encolure, les manches et les finitions, encore dix heures de boulot minimum. Pfft, j'y passe mes nuits, j'en dors plus, je veux qu'il ait bien chaud cet hiver ton bébé.

Enceinte ! Non mais c'est fou, je n'aurais jamais cru ça de toi !

Écoute, j'ai bien réfléchi. C'est dérangeant ce gosse qui débarque dans notre famille, sans crier gare. Non, parce que tu ne m'avais pas prévenue moi, je ne m'y attendais pas, tu comprends ? À ton âge, je croyais que c'était fini, que tu étais passée à autre chose. Et puis voilà ce petit qui vient tout chambouler. Et ce serait encore à nous de s'adapter ? Si ça se trouve, il ne sera même pas sympathique, ce petit. Si ça se trouve, il ne m'aimera pas. Je m'en fous, moi non plus je ne l'aimerai pas si c'est ça.

Pourquoi on s'embêterait pour lui ? Pourquoi on ferait des efforts ? On ne le connaît même pas le gniard. D'ailleurs, il n'est pas encore né. Il n'existe pas.

Alors ? Tu te sens comment ? Dire que tu vas avoir un enfant, tu te rends compte ? Tu vas être maman ! TU-VAS-ÊTRE-MA-MAN ! Je n'arrive pas à y croire. Ah, non, c'est dingue, je ne peux pas m'y faire, pas du tout.

Réponds à mes messages, s'il te plaît, ou envoie-moi un mail. C'est pas que je m'inquiète, c'est que je suis très angoissée. Il paraît qu'il y a eu un attentat à Nice et je sais que tu es en déplacement à Lyon. Enfin, Lyon c'est sur la route de Nice, rappelle-moi, je me fais un sang d'encre.

Ah non, je ne mets plus les infos, ils me dégoûtent avec toutes leurs horreurs. J'en dors plus la nuit, je vois toutes ces poussettes et ces enfants sur la promenade des Anglais, mais ces mecs c'est des fous, de vrais fous. On ne peut même pas dire « c'est la vie », non, puisque c'est la mort.

Le fils de la coiffeuse, tu sais Francine, la coiffeuse ? eh bien, il a sa copine qui y était, à Nice. Elle a entendu le camion arriver, elle s'est retournée et, heureusement, elle a eu le réflexe de sauter sur le côté. La copine du fils de la coiffeuse, tu te rends compte ?

C'est trop facile de mourir en tuant autant de

gens avant. Ces types-là, quelle bande de lâches. Ils mériteraient de mourir dix fois dans des souffrances ignobles plutôt que de partir comme ça, soi-disant pour leur paradis à la noix, non, mais ils sont aussi cons que ces hypocrites de curés. Ah, ça me révolte, mais qu'est-ce qu'ils ont dans la tête ces gens-là ? À propos de curés, j'en ai encore vu passer deux l'autre jour avec leurs soutanes, ridicules. « Avec la gueule que t'as, t'as bien fait de te faire curé », je leur ai crié !

Des disputes ? Mais il faut faire des efforts pour garder un homme voyons, ça ne va pas de soi. Mets-toi à la place de ce pauvre garçon, tu ne repasses pas, tu ne cuisines pas, tu vis dans un foutoir monstrueux, quel avantage a-t-il à vivre avec toi ? Maintenant que vous attendez cet enfant, tu ne peux plus tout envoyer bouler comme avant. Il faut mettre de l'eau dans son vin, bien sûr la vie à deux ce n'est pas toujours drôle, on préférerait rester seule bien tranquille, profiter de sa maison, manger une connerie quand on en a envie, regarder le programme qu'on préfère à la télé… Le couple c'est dur, mais il faut s'accrocher, pour ne pas finir toute seule.

Je suis inscrite sur je ne sais pas combien de sites de rencontres, je ne les compte plus. J'en ai encore un ce matin, il me dit *Je suis au Burkina Faso, est-ce que tu connais l'Afrique ?* Il dit qu'il est médecin, tu parles, il fait plein de fautes d'orthographe.

Les Noirs, ils n'arrêtent pas, ils te demandent de l'argent, l'un c'est pour payer son fret, l'autre son billet d'avion… Y a que ça, des arnaques. Ils se font appeler Patrick ou Nicolas, ils se cachent derrière des photos et ils cherchent une bonne poire, merci.

Celui-ci, il m'a dit qu'il sortait d'une relation de dix ans avec une nana qui était une sangsue. Une plus jeune qui l'aura plumé, oui.

Et qu'ils veulent des femmes qui ne fument pas, je les emmerde tous. Quelle bande d'abrutis.

Sur AdoptUnType ! J'en ai trouvé un qui me plaît beaucoup. Un *Charlie*. Il vit sur un bateau en Turquie. On le voit sur une vidéo, il plonge de son bateau, il crie, il a l'air rigolo. J'ai les yeux qui pétillent. Je suis tombée amoureuse en ligne. J'y pense tout le temps, c'est pas beau ça ? Non, on ne s'est pas encore parlé mais il m'a laissée accéder à son espace perso. Je lui ai envoyé mon numéro de téléphone. C'est cher pour la Turquie ?

Il dit qu'il a rencontré Picasso et César. César, c'est un peintre connu, non ?

Je lui ai dit *Vous êtes sûr qu'il n'y a pas une dame*

chez vous ? Il me dit *Mais si, c'est ma maman, elle a quatre-vingt-cinq ans.*

Charlie, c'était son pseudo. Son vrai nom, c'est Roger. Il s'est déshabillé pour que je le voie bien avec la webcam. Il était en slip. Il m'a dit qu'il mesurait vingt centimètres. Tu crois qu'il parlait de quoi ? Tu es sûre ? Vingt centimètres ? J'en ai parlé à ma psy. Elle m'a dit que je n'aurais jamais dû lui donner mon numéro.

Premier appel, il ne se présente même pas, il me demande de le rappeler tout de suite. Non, c'est qu'il ne veut pas payer le téléphone ! Mais on va où ? Il ne rappelle pas, il n'a même pas répondu à mes SMS. Il est vraiment plus difficile qu'il n'est beau celui-là.

Arrive un moment où tu te dis que non, c'est non. J'en ai ras le bol des bonshommes maintenant. Je n'en veux plus puis c'est tout. Ils ne sont pas faits comme nous. On ne peut pas vraiment s'entendre avec un homme, y a comme une barrière. On se comprend mieux entre femmes, tu ne trouves pas ?

Les femmes entre elles, c'est mauvais, ouh là oui. Tant qu'il n'y a pas d'hommes, ça va. Mais dès qu'un bonhomme s'amène, c'est la guerre. C'est comme ça, c'est l'instinct de conservation.

Eux, ils veulent des femmes jeunes, quinze ans de moins qu'eux, belles, intelligentes et riches. Ils ont de grosses bedaines et ils sont complètement idiots mais apparemment, ça ne les gêne pas. Qu'ils aillent se faire voir.

J'ai envoyé un message à un type qui s'appelle *Soloman* ; il écrit *Je ne bois pas, je ne fume pas, je suis commercial.* Il ajoute *Je veux des femmes positives.* Il a des yeux d'illuminé. C'est sûr, un jour, je vais me faire assassiner.

Et qu'ils me collent des filles avec des gros seins et des webcams, qu'est-ce que j'en ai à fiche. Ils n'ont pas encore compris que j'étais une femme ? Alors ça, ça me dégoûte, je n'aime pas du tout !

Oh, celui-là, tu verrais, c'est pas possible une tête comme ça. Un vrai remède contre l'amour. Ils me fatiguent ces types à la fin. Et celui-ci, on va regarder quand même, par acquit de conscience. *Pipou*, soixante-sept ans, *Je suis un retraité dynamique, pas compliqué*… tatata… *aimant les animaux et la nature, le bricolage, le jardinage*… Jusque-là tout va bien… *J'aimerais une compagne sympathique pour partager*… tatata… *j'ai horreur du mensonge*… Pas possible, je mens tout le temps.

Ah non, je ne veux plus chater avec personne, allez les gars, à la revoyure, c'est pas tout ça mais j'ai mon ménage qui m'attend !

Je viens de recevoir un texto, *Bonjour Charlène, je te fais un tendre bisou.* Mais qui ça peut bien être ? Les gens, ils pourraient quand même signer quand ils t'envoient des trucs comme ça. J'aimerais bien savoir, moi, qui me fait un tendre bisou. Oh attends, c'est qui, en double appel, là ? Un numéro pas enregistré ? Encore un emmerdeur…

J'ai eu une inondation au garage, une de plus. Trois jours que je supplie ton frère de venir m'aider mais, tu parles, il mène son train-train de son côté, sa femme, ses enfants, mais sa pauvre mère il s'en fout. Tout le monde s'en fout. Faites des gosses. Quand vous étiez petits, je courais de partout pour vous. Et maintenant, aucun remerciement. On ne peut vraiment pas dire que vous soyez très famille tous les deux…

Mais enfin, vous êtes adultes à présent ! C'est aux enfants de s'occuper des parents après. Vous pouvez comprendre ça, ton frère et toi.

C'est le grand cycle de la vie : ce qu'on a fait pour vous, il faut le rendre. Sinon ça serait trop facile.

Et toi, avec tes histoires, tu en oublies ta propre mère. L'essentiel. La vie passe et bientôt je serai morte. Tu verras, tu repenseras à ce que je te dis là, tu te diras « ma pauvre maman, elle avait raison, et dire que maintenant, elle n'est plus là ».

Il est déjà dix-sept heures ? Ça ne nous rajeunit pas, dis donc. Ah le facteur qui passe, attends je vais voir, ces derniers temps, je n'ai que des factures mais sait-on jamais.

Hé ben, il l'aime mais elle ne l'aime pas ! C'est pourtant simple ! Tu disais, ma poulette ? Tu te rends compte à quoi il l'oblige, son mari ? Draguer un mec, le ramener chez elle. Pour qu'il puisse les regarder, le voyeur ! Il dit qu'il l'aime en plus. C'est encore un malade ! Si tu savais tout ce qu'il lui a fait à sa femme, la pauvre ! Il lui a tout fait. TOUT. Mais elle commence à comprendre, tu vas voir qu'elle va le quitter, il serait temps qu'elle réagisse tout de même. Qu'est-ce que c'est con ce feuilleton à la fin. Mais bien sûr que je t'écoute, ma puce, enfin, ils lui prélèvent des poils du cul et des parties génitales pour les tests ADN, il est coincé ! C'est un menteur en plus, ah, quel méchant ! C'est bien de ne pas être marié hein, qu'est-ce qu'on est tranquille ! Quand je vois ça, quel sale type ! D'accord mon ange, d'accord… Elle me fait rire, celle-là. Dès que les gens ont un problème de cœur, elle leur demande « vous voulez un chocolat chaud ? ».

Colette a enfin quitté son mec, tu sais, celui qui était alcoolique et marié. Elle en a bavé avec lui, si tu savais. Et le type, pas gêné, figure-toi qu'il vient sonner chez moi pour se plaindre. Ils n'ont peur de rien les bonshommes. Il sonne chez moi, il me dit « Charlène, fais-moi un café bien frais ». Bon, je lui prépare le café et il commence à m'asséner tous ses problèmes, qu'il a un petit sexe, que c'est pour ça qu'il boit, mais que Colette n'a jamais été compréhensive avec lui… Mais je te jure, qu'est-ce que j'en ai à fiche ! Il devait être sous l'emprise de l'alcool… Et puis comme il a dû être gêné, très gêné, il a tout raconté à Colette, et elle s'est mise en colère contre moi, elle m'en voulait en plus ! Non mais je te jure, les gens, c'est n'importe quoi, il faut qu'ils fassent des histoires sinon ils s'emmerdent.

Tu vas encore à la piscine dans ton état ? Mais tu veux le perdre le petit ? Tu es folle ? Reste chez toi bien tranquille, repose-toi, prends des forces, tu vas voir, ce n'est pas facile un accouchement, et tu n'as plus vingt ans. Tu as demandé la péridurale ? Demande-la surtout, ce n'est pas la peine de souffrir inutilement, moi, pour toi, j'ai souffert comme jamais, on n'avait pas tout ça à l'époque, profites-en.

J'ai regardé son signe astral au petitou, tu sais ? Il est Vierge ascendant Rat ! Rat, comme moi ! Ah ça va être un sacré, je sens qu'il va l'aimer sa grand-mère. Si je vis, mettons encore dix ans, je le verrai ado, tu t'imagines ?

Il me ressemble le petit, non ? Il a mes yeux qui tombent, genre Stallone. Qu'il est beau !

Ah bravo, vous avez bien travaillé tous les

deux. Même ses petits doigts, cinq à chaque main, sans compter ceux des pieds ! C'est un chef-d'œuvre ! Et ses petits ongles !

C'est dingue qu'il me ressemble à ce point. Sauf le nez, un peu épaté. Et l'implantation des cheveux aussi, assez basse. Mais le reste, c'est moi. Il est bien proportionné, les jambes un peu trop courtes mais sinon ça va. Le reste, Dieu merci, c'est bien moi.

Il est magnifique, il a tout pris de notre côté. La couleur des yeux, c'est toi. Le bas du visage, c'est moi, le même menton en cœur, les lèvres bien dessinées, exactement les miennes. Les cheveux fins, c'est nous, et ses petites joues roses, c'est notre marque de fabrique. Il n'y a que le nez, c'est dommage, ce nez au milieu de la figure. Ça, ça vient de chez eux, c'est de leur côté, c'est sûr. Il a pris ses petites jambes aussi, courtaudes, ce n'est pas très gracieux. Il sera court sur pattes, que veux-tu.

Allô ? Je ne t'entends pas. Mais fais-le taire un peu ton braillou, il est infernal. Vous ne pleuriez pas comme ça étant petits. On n'aurait jamais supporté ça avec ton père, ah non.

Vous n'avez pas dormi cette nuit ? Je me doute, je me doute avec un animal pareil. Aïe aïe aïe, ma pauvre fille, qu'est-ce que tu as fait là ? La nuit, c'est pour dormir, il faut qu'il le comprenne, de gré ou de force. Il ne faut pas te précipiter au moindre pleur. Il a pigé le petit, il n'est pas bête hein. Nous, les médecins nous disaient de vous laisser pleurer pour ne pas être emmerdés plus tard, à l'époque tout le monde faisait ça, on ne culpabilisait pas comme vous aujourd'hui. On ne laissait pas un gniard nous crever la santé, on avait d'autres soucis.

Non, moi, je ne porte pas les bébés ou je me refais un lumbago.

Désolée, je ne donne pas les biberons, j'aurais peur de le faire tomber.

Pas question de te le garder, j'aurais trop peur qu'il arrive quelque chose.

Moi, les gniards, j'ai déjà donné. Déjà les miens j'avais du mal alors, t'imagines, ceux des autres. Je ne suis pas la mère, je ne suis que la grand-mère, ça ne me donne AUCUN devoir, si j'ai envie de lui fumer dans la figure, ou de lui bouffer son yaourt, c'est mon droit, personne ne pourra me le reprocher.

Écoute, ça t'apprendra à attendre quarante ans pour faire un gosse, nous on ne peut plus suivre, imagine, j'ai presque soixante-quatre ans. Tu as les grands-parents que tes ovaires méritent.

D'accord, je pourrai pousser la poussette un peu si ça t'arrange.

Tu me laisseras encore un peu la poussette ? Je marche mieux avec, ça me fait comme un déambulateur.

T'as beau dire, il pleure, il braille du soir au matin, c'est un braillou ton gosse.

Je suis jalouse de tout cet amour que tu lui donnes au braillou. Dire que, moi, je n'ai rien eu de ma mère, rien. C'est bête que tu sois ma fille, je t'aurais préférée comme mère en fait. La vie est mal foutue.

À propos, les couches à merde de ton fils, j'en ai même retrouvé dans l'évier, t'exagères ! Toi, ça ne te fait rien parce que c'est ton enfant, mais moi beurk : quel manque de respect !

Comment ça tu ne reviendras plus ? Répète ça ? Je ne peux pas fumer chez moi ? Dans ma cuisine ? Mais merde alors, ce n'est pas une clope qui va te le tuer, ton braillou.

Je me suis payé une bague en plaqué or, c'est une améthyste, ça apporte la sérénité, m'a dit la vendeuse. Mais moi, ça ne me fait rien.

Les vidéos du bébé, je les regarde tout le temps ! Je les montre à mes copines, elles disent « mais ce qu'il est beau, c'est fou ! ». Envoie-moi une vidéo chaque jour, moi ça me suffit, je le vois grandir, c'est super !

On skype ce soir ? Avec le petit ? Non, mais tu exagères, un Skype, moi, ça me permet de le voir ! Tu préférerais que je vienne ? Mais j'en ai pour plus de cinq heures de train ! Heureusement, il y a Skype et les vidéos !

Je t'ai dit que j'avais rencontré un pompier sur EDarling ? Un pompier volontaire. Et démoustiqueur aussi. Il m'a dit qu'il chargeait les insecticides à bord des avions, pour protéger les champs. Je n'ai pas tout compris mais, comme je lui ai dit, on a déjà un point commun : j'ai horreur des moustiques. J'ai horreur de beaucoup de choses, c'est vrai, mais dégage de là ! C'est la chienne, elle vient jusque dans la chambre alors que je lui ai interdit, elle me griffe les parquets. Je ne sais pas ce qu'elle a en ce moment, ce matin, elle m'a foutu le yucca par terre et, dès qu'on sort dans la rue, elle fait des tourbillons avec sa laisse, on dirait qu'elle essaie de me faire tomber ! Et puis, elle m'aime bien mais sans plus, elle ne se jette pas à mon cou non plus. Le pompier ? Il s'appelle Michel. Enfin, sur le site, c'est *Demainlesoleil* mais sinon c'est Michel.

J'ai besoin d'un homme fort, responsable, moi qui n'ai toujours tiré que les mauvais numéros. Il serait temps qu'un homme, un vrai, un pompier, s'intéresse à moi. Non, non, je ne l'ai pas encore vu, mais on s'appelle chaque soir, on a toujours quelque chose à se raconter. Il a une bonne voix, c'est important la voix, non ? Il m'a dit qu'il avait passé toute la sainte journée sur une piste d'atterrissage, qu'aucun avion n'avait pu décoller car il n'y avait pas assez de moustiques. C'est ça démoustiqueur, il y a des jours avec et des jours sans moustiques. Il attend tout l'après-midi sur une piste, sans rien faire, en plein cagnard, aïe aïe aïe, quel métier ! Je lui ai dit que j'avais besoin d'un homme sur lequel je puisse compter, m'appuyer, un qui vienne me faire le jardin et qui soit un peu bricoleur aussi. Un peu démoustiqueur sur les bords. Surtout qui ait une voiture pour me balader à droite à gauche, les courses, rien de bien folichon, le train-train.

Il vit en caserne, mais ce n'est pas un problème ça, il pourra toujours s'installer à la maison. Ce que je suis contente ! Un pompier ! Je ne pensais pas que ça puisse encore m'arriver ! Quand son nom s'affiche sur mon téléphone, j'ai le cœur qui bat. Je suis déjà amoureuse sans l'avoir jamais vu, tu peux m'expliquer ça ? Quand est-ce que je le rencontre en vrai ? Mais très bientôt ma chérie, très bientôt ! Allô Michel ? J'ai mon pompier en double appel, je t'embrasse, je t'embrasse.

Ça y est, j'ai rencontré le pompier, tu sais, le démoustiqueur. Si, si, très bien, très correct. Il est venu à la maison, je lui ai fait un osso-buco ! Avec du jarret et des os à moelle de chez le boucher. Il a tout mangé, il s'est régalé ! Et lui il avait apporté une bonne bouteille. Ensuite on s'est baladés en ville. Il m'a conduite à la Sécu, on a fait des courses et il m'a même amenée chez le coiffeur, j'avais une tête à faire peur ! Je suis allée chez Patrick, j'ai fait des mèches. Je suis toute blonde, c'est moins dur au visage. Ah bon, tu penses que c'est plutôt avant le déjeuner que j'aurais dû y aller ? Ah, ne me gâche pas mon plaisir, ça fait un bien fou d'être en couple, le moral des troupes remonte en flèche !

Tu n'as pas eu mon message ? Je suis au fond du trou. Non, le pompier ne m'a donné aucune nouvelle, rien depuis une semaine. Alors que je l'ai reçu ici comme un prince. Encore une déconvenue que je me prends en pleine poire. J'en peux plus. Décidément, sur ces sites, c'est tous des malades ! *Demainlesoleil*, tu parles, démoustiqueur de merde !

Bon, allez, je vais faire un tour chez Colette, ça me passera un moment.

Ah bon, je ne l'ai pas vu depuis Noël, le petit ? Ça passe vite ! Tu crois que je lui manque ? Tu aimerais que je vienne ? Mais c'est que ça me fait de la route, je suis usée moi aussi, je ne conduis presque plus et je ne me vois pas prendre le train avec la chienne.

Écoute, j'ai les vidéos, c'est déjà super.

On n'a qu'à se faire un Skype, c'est pareil. On se voit comme en vrai et quand on en a assez, hop, chacun retourne à ses occupations.

C'est trop petit, là, c'est pas possible, je te le garderai plus tard, quand il parlera correctement, quand il sera propre et surtout, quand je n'aurai plus besoin de me casser le dos pour le porter… Oui, c'est ça, quand il aura dix-huit ans, j'espère qu'il me présentera ses copains, huhu !

Dionysos, soixante-cinq ans, retraité, très bien. Gémeaux, on fait avec. Un mètre soixante-quinze, allons donc : *Je ne supporte plus la solitude*, ta ta ta… *je m'excuse, mais je n'ai pas mis de photos.* Je ne dis rien mais je n'en pense pas moins. Pas de photo pas de message, mon chéri.

Oh mon Dieu, qu'est-ce qu'il écrit celui-là ? *Refuser de lever les morts, les laisser dans nos cœurs !* C'est beau ! Lui alors… *Et des fleuves de larmes brûlantes*… Mais il a l'air drôlement psy le type, qu'est-ce qu'il raconte ? *J'aspire enfin à m'aimer moi-même*… et des tartines et des tartines… *à défaut de t'épouser, j'épouserai l'univers*… Ah bon. Hé bé. Il est en pleine thérapie, ce bonhomme ! Il faut être suivi pour écrire de telles conneries sur un site de rencontres, mais je vais lui écrire moi, je vais lui répondre illico, *Ça avance ton analyse mon vieux ? Chez qui tu vas ?*

Il s'appelle Gilles lui ? Mais je croyais que c'était Jean-Pierre.

Et lui ? *Marcus*, cinquante-quatre ans, *Je suis brut de décoffrage, je suis un branleur, je ne fous rien de la journée, j'ai une personnalité artiste.* Allez hop, à la corbeille. J'en vire des hommes, qu'est-ce que je peux en virer, j'en ai plein ma corbeille.

Je suis tout le temps connectée, je passe des nuits entières là-dessus.

Quelle horreur tout ça, ça me fout un cafard monstrueux.

Colette m'a dit « faudrait que t'arrêtes avec toutes ces rencontres qui ne mènent à rien, sors plutôt faire un loto avec nous ce dimanche, ça te changera les idées ».

J'écris des messages affreux à des types affreux. J'en peux plus d'essayer de trouver tout le temps quelqu'un. Je ne peux plus rester seule. Toute seule devant mon cendrier à attendre.

Je ne me prépare jamais à manger, rien du tout. Si, l'autre jour, un artichaut que je n'avais pas fait assez cuire, il était cru, c'était pas bon.

Il faudrait que je sorte un peu, que je marche au moins quelques pas, et puis ça ferait plaisir à la chienne.

J'ai arrêté de fumer oh là là, je suis obligée sinon je risque l'embolie, j'ai pris au moins dix kilos, et pourtant je ne mange rien, non, c'est juste l'arrêt du tabac. La clope je te dis, c'est le meilleur régime.

Je vois un nouveau psy, en ville, c'est mieux. Il m'a arrêté tous mes traitements pour la bipolarité. Il m'a dit « mais vous n'êtes pas du tout bipolaire en fait, vous êtes juste angoissée ! ». Tu te rends compte, je prends du Dépamide depuis 1990 pour rien. C'est n'importe quoi ces psys, non mais ils te droguent ou quoi, quels cons ! En plus ces médocs, ça fait grossir, c'est l'horreur.

J'ai fait un gain énorme au loto, un jambon de cinq kilos, un foie gras et une longe de porc. Il me manquait le 19, la Corrèze. À un numéro près, je gagnais une télé couleur.

Mon voisin de table m'a dit « malheureux au jeu, heureux en amour. Comme vous n'avez ni gagné la télé ni tout à fait perdu, tout va bien ».

Ma copine Colette, tu sais, Colette que je voyais tout le temps ? On s'est disputées. Non, c'est fini cette fois, elle dit du mal de moi à tout le monde, c'est vraiment une garce. Tout ça parce que je n'ai pas voulu aller la chercher à la gare, mais, écoute, elle m'appelle à vingt heures, moi, j'étais déjà couchée. Non, c'est bien fini, elle ne veut plus entendre parler de moi, qu'est-ce que je vais devenir mais qu'est-ce que je vais devenir ?

C'est toi ? Non, je n'en peux plus, c'est la fatigue de toute une vie accumulée. On se lève, on se traîne toute la journée, c'est usant. La vie nous crève, jour après jour. Le soir je n'en peux plus, je me couche à neuf heures. Je préfère manger vite fait une connerie et me coucher. Je ne peux plus sortir, après vingt heures, je tombe.

Avant c'était le ménage qui me tenait, maintenant, le pire, c'est que je suis devenue fainéante.

Tu ne peux pas comprendre, toi, tu ne sauras jamais ce que c'est que la dépression, la vraie. Celle avec un grand D.

Non, je n'ai pas encore rencontré l'homme de ma vie, j'en ai ras le bol de tout ça.

Je peux te demander le service, oh, juste deux minutes à peine, de m'appeler sur Skype ? Parce que je n'ai plus de son du tout, je ne comprends pas, allô, tu es là ? Allô, ALLÔ ?

Comment ça va le petit ? Pas trop fatiguée ? J'ai rencontré quelqu'un. Il s'appelle Georges. Son pseudo c'était *Coquinou*. Je n'avais pas consulté ma boîte mail et j'avais un message de lui depuis je sais pas combien de temps. On s'est donné rendez-vous au Sombrero, on a juste pris l'apéro. Oh là là. Il ressemble à Galabru, tout le monde le dit. Il est grand comme j'aime. Bon, je n'ai pas trop envie d'en parler là, c'est tout frais. Il est gentil, très gentil.

Il est super ce Georges, il a tondu la pelouse, il m'a débarrassé le garage, et puis il a réparé la chaudière, non mais, j'ai tiré le gros lot.

Il a été opéré de la prostate, donc, de ce côté-là, je suis tranquille. Il est tendre, affectueux, moi, j'ai soixante-quatre ans, j'ai pas envie de rencontrer quelqu'un qui me saute dessus.

Allez, je t'embrasse, je vais sous la douche. Puis je file visiter Colette à l'hôpital, tu sais, elle y est toujours fourrée en ce moment, avec son diabète.

Qui a peur du grand méchant loup, grand méchant, grand loup noir ? Qui a peur du grand méchant loup, c'est pas nous, c'est pas nous… Oh la chanson que j'entends, là, dans le téléphone, je la connais, je la chantais quand j'étais petite, j'adore, c'est un disque pour le bébé ?

Je tricote pour le petit. Je lui fais une écharpe avec une vieille pelote de laine qui me restait, j'ai voulu l'utiliser mais c'est trop épais pour moi, et puis la couleur est moche… Mais enfin du moment que c'est fait main, c'est bien. C'est combien de centimètres une écharpe pour bébé ?

Un mètre ? Tu es sûre ? Mais un mètre c'est énorme pour un bébé non ? Je l'ai faite en laine kaki, c'est pas très joli mais, écoute, il aura bien chaud.

Je vais venir vous voir, le petit et toi, si, si, on va venir avec Georges, il prendra le volant. Je serais tellement contente que ça marche avec lui. Je n'ose pas trop me réjouir, tu sais, je suis encore sur la défensive.

DU MÊME AUTEUR

Aux Éditions Gallimard

C'EST DIMANCHE ET JE N'Y SUIS POUR RIEN, coll. « L'Arbalète », 2015 (Folio n° 6233).

UNE FEMME AU TÉLÉPHONE, coll. « L'Arbalète », 2017 (Folio n° 6450).

Chez d'autres éditeurs

QUAND NOUS SERONS HEUREUX, Éditions Le Passage, 2010 (Points Seuil).

ÇA NOUS APPRENDRA À NAÎTRE DANS LE NORD, avec Amandine Dhée, La Contre Allée, 2011.

QUE NOS VIES AIENT L'AIR D'UN FILM PARFAIT, Éditions Le Passage, 2012 (Points Seuil).

COLLECTION FOLIO

Dernières parutions

6424. Virginia Woolf	*Rêves de femmes. Six nouvelles*
6425. Charles Dickens	*Bleak House*
6426. Julian Barnes	*Le fracas du temps*
6427. Tonino Benacquista	*Romanesque*
6428. Pierre Bergounioux	*La Toussaint*
6429. Alain Blottière	*Comment Baptiste est mort*
6430. Guy Boley	*Fils du feu*
6431. Italo Calvino	*Pourquoi lire les classiques*
6432. Françoise Frenkel	*Rien où poser sa tête*
6433. François Garde	*L'effroi*
6434. Franz-Olivier Giesbert	*L'arracheuse de dents*
6435. Scholastique Mukasonga	*Cœur tambour*
6436. Herta Müller	*Dépressions*
6437. Alexandre Postel	*Les deux pigeons*
6438. Patti Smith	*M Train*
6439. Marcel Proust	*Un amour de Swann*
6440. Stefan Zweig	*Lettre d'une inconnue*
6500. John Green	*La face cachée de Margo*
6501. Douglas Coupland	*Toutes les familles sont psychotiques*
6502. Elitza Gueorguieva	*Les cosmonautes ne font que passer*
6503. Susan Minot	*Trente filles*
6504. Pierre-Etienne Musson	*Un si joli mois d'août*
6505. Amos Oz	*Judas*
6506. Jean-François Roseau	*La chute d'Icare*
6507. Jean-Marie Rouart	*Une jeunesse perdue*
6508. Nina Yargekov	*Double nationalité*
6509. Fawzia Zouari	*Le corps de ma mère*

6510. Virginia Woolf — *Orlando*
6511. François Bégaudeau — *Molécules*
6512. Élisa Shua Dusapin — *Hiver à Sokcho*
6513. Hubert Haddad — *Corps désirable*
6514. Nathan Hill — *Les fantômes du vieux pays*
6515. Marcus Malte — *Le garçon*
6516. Yasmina Reza — *Babylone*
6517. Jón Kalman Stefánsson — *À la mesure de l'univers*
6518. Fabienne Thomas — *L'enfant roman*
6519. Aurélien Bellanger — *Le Grand Paris*
6520. Raphaël Haroche — *Retourner à la mer*
6521. Angela Huth — *La vie rêvée de Virginia Fly*
6522. Marco Magini — *Comme si j'étais seul*
6523. Akira Mizubayashi — *Un amour de Mille-Ans*
6524. Valérie Mréjen — *Troisième Personne*
6525. Pascal Quignard — *Les Larmes*
6526. Jean-Christophe Rufin — *Le tour du monde du roi Zibeline*
6527. Zeruya Shalev — *Douleur*
6528. Michel Déon — *Un citron de Limone* suivi d'*Oublie...*
6529. Pierre Raufast — *La baleine thébaïde*
6530. François Garde — *Petit éloge de l'outre-mer*
6531. Didier Pourquery — *Petit éloge du jazz*
6532. Patti Smith — *« Rien que des gamins ». Extraits de Just Kids*
6533. Anthony Trollope — *Le Directeur*
6534. Laura Alcoba — *La danse de l'araignée*
6535. Pierric Bailly — *L'homme des bois*
6536. Michel Canesi et Jamil Rahmani — *Alger sans Mozart*
6537. Philippe Djian — *Marlène*
6538. Nicolas Fargues et Iegor Gran — *Écrire à l'élastique*
6539. Stéphanie Kalfon — *Les parapluies d'Erik Satie*
6540. Vénus Khoury-Ghata — *L'adieu à la femme rouge*
6541. Philippe Labro — *Ma mère, cette inconnue*
6542. Hisham Matar — *La terre qui les sépare*

6543. Ludovic Roubaudi	*Camille et Merveille*
6544. Elena Ferrante	*L'amie prodigieuse (série tv)*
6545. Philippe Sollers	*Beauté*
6546. Barack Obama	*Discours choisis*
6547. René Descartes	*Correspondance avec Élisabeth de Bohême et Christine de Suède*
6548. Dante	*Je cherchais ma consolation sur la terre...*
6549. Olympe de Gouges	*Lettre au peuple et autres textes*
6550. Saint François de Sales	*De la modestie et autres entretiens spirituels*
6551. Tchouang-tseu	*Joie suprême et autres textes*
6552. Sawako Ariyoshi	*Les dames de Kimoto*
6553. Salim Bachi	*Dieu, Allah, moi et les autres*
6554. Italo Calvino	*La route de San Giovanni*
6555. Italo Calvino	*Leçons américaines*
6556. Denis Diderot	*Histoire de Mme de La Pommeraye* précédé de l'essai *Sur les femmes.*
6557. Amandine Dhée	*La femme brouillon*
6558. Pierre Jourde	*Winter is coming*
6559. Philippe Le Guillou	*Novembre*
6560. François Mitterrand	*Lettres à Anne. 1962-1995. Choix*
6561. Pénélope Bagieu	*Culottées Livre I – Partie 1. Des femmes qui ne font que ce qu'elles veulent*
6562. Pénélope Bagieu	*Culottées Livre I – Partie 2. Des femmes qui ne font que ce qu'elles veulent*
6563. Jean Giono	*Refus d'obéissance*
6564. Ivan Tourguéniev	*Les Eaux tranquilles*
6565. Victor Hugo	*William Shakespeare*
6566. Collectif	*Déclaration universelle des droits de l'homme*
6567. Collectif	*Bonne année ! 10 réveillons littéraires*

Composition : IGS-CP à L'Isle-d'Espagnac (16)
Achevé d'imprimer par Novoprint
le 4 décembre 2018
Dépôt légal : décembre 2018
1er dépôt légal dans la collection : février 2018

ISBN 978-2-07-277970-1./Imprimé en Espagne.

350605